La lumière entre les flocons de neige

Roman

Hichem Karoui

Global East-West LTD

Contents

1
Annecy en hiver

L'air vif de l'hiver flottait comme un murmure soyeux au-dessus de la ville, dont les rues étaient recouvertes d'un doux manteau de neige. La ville, bercée par l'étreinte sauvage des Alpes, se tenait silencieuse sous un ciel couvert de nuages gris, tandis que le souffle glacé s'échappait des bouches chaudes. Les vitres scintillaient de givre, embrassées par le froid, tandis que la lueur vacillante des bougies à l'intérieur promettait chaleur et réconfort.

Alors que Brigitte et Mustapha se promenaient dans les ruelles pavées, que leurs pas étaient étouffés par la neige délicate qui craquait doucement sous leurs bottes, la beauté éthérée de l'hiver les enveloppait d'un silence partagé, riche d'espoirs tacites.

« Avez-vous déjà imaginé que cela pouvait être ainsi ? » demanda Brigitte d'une voix à peine audible, comme si elle craignait de briser le charme fragile de la tranquillité.

Mustapha, observant les motifs complexes formés par la glace qui dansait sur la vitrine d'un magasin fermé, lui jeta un coup d'œil, un léger sourire adoucissant son attitude stoïque habituelle.

« Non », répondit-il, émerveillé. « Je n'ai connu que le froid de la ville, celui qui vient des briques et du verre. Ici, il semble vivant. »

Leur conversation dansait avec légèreté, chaque mot porté par le froid qui leur mordait le visage, donnant le ton à une exploration qui était plus qu'une simple reconnaissance physique ; c'était un voyage dans les recoins cachés de leur cœur. L'histoire d'Annecy murmurait depuis ses anciennes façades de pierre, des récits d'amour et de perte gravés dans le tissu même de la ville. Chaque son mélodieux des cloches de la cathédrale faisait écho à des récits de résilience qui reflétaient leurs propres luttes silencieuses, et ils sentirent tous deux le poids de la tradition reposer subtilement sur leurs épaules.

À mesure qu'ils s'approchaient du lac d'Annecy, l'air devenait plus vif et plus frais, semblable au bruit de lames qui s'entrechoquent. La surface du lac était une étendue vitreuse, encadrée par des montagnes lointaines, reflétant la beauté envoûtante des tons sourds.

« Cela semble sacré, n'est-ce pas ? » murmura Mustapha, captivé par le calme qui enveloppait la scène.

Brigitte se tourna vers lui, le cœur battant un peu plus vite, comme un secret prêt à être partagé.

Elle voulait tendre la main, combler l'espace qui les séparait aussi exaltant que terrifiant. Mais, elle hésita, ne sachant pas trop si cette vulnérabilité était une bénédiction ou une malédiction. Le silence les enveloppa à nouveau, chargé de possibilités.

Les souvenirs des échecs et des peurs passés tourbillonnaient dans l'air, s'entremêlant au paysage enneigé, à la fois magnifique et inquiétant. Un rappel de tout ce qu'ils essayaient de fuir.

« Vous savez, » Mustapha rompit à nouveau le silence en changeant nerveusement de position. « J'ai toujours pensé que l'hiver rendait tout plus beau, mais ici, c'est comme s'il m'inspirait quelque chose de nouveau. »

La vulnérabilité de sa voix prit Brigitte au dépourvu et, pendant un instant, ils partagèrent quelque chose de profond, une honnêteté sans réserve, au milieu des branches gelées de leurs passés entremêlés.

Soudain, un bruit brisa la sérénité. Le craquement sec de la glace sous leurs pieds alors qu'un groupe d'enfants courait sur le lac gelé, leurs rires résonnant comme des cloches. Mustapha regarda les enfants, dont l'énergie joyeuse contrastait fortement avec le sérieux de leur conversation précédente.

« Nous faisons désormais partie du spectacle hivernal », dit-il en riant, la tension se relâchant sur ses épaules.

Brigitte rit, égayant la palette de gris qui les entourait.

« Ils nous rappellent de profiter de cette saison, de trouver de la joie même dans le froid. »

Des pensées sur son propre cœur sur la défensive lui traversèrent l'esprit, luttant contre l'envie de se protéger de l'amour : « Et si, comme le lac, je pouvais moi aussi être un peu plus transparente. » La réalité peu attrayante du passé lui revint en mémoire. L'envie incessante d'Antoine de changer, l'auberge qui était plus un fardeau qu'une bénédiction, et ses propres rêves inassouvis, associés au décor austère de leur environnement enneigé. Mustapha semblait sentir le changement ; son expression redevenait plus sérieuse, et il la regardait avec une nouvelle profondeur.

« Vous semblez un peu perdue », dit-il doucement, sentant la tempête qui se préparait derrière son sourire bien gardé.

Il avait l'impression de voir les pensées tourbillonnantes qui se battaient derrière ses yeux, la tension des choix non faits qui pesait lourdement sur son cœur.

« Peut-être que je le suis », admit Brigitte, le brouillard de l'incertitude obscurcissant sa confiance. « Cet endroit recèle tant d'histoire. La famille, les rêves, les choix. Il est difficile de savoir quoi faire ensuite. »

Mustapha acquiesça, une pointe d'empathie

illuminant son regard, alors qu'il entrevoyait les fissures dans sa façade.

C'était là. La connexion à peine perceptible qui s'épanouissait dans leur silence partagé, la pression des vérités non exprimées qui planait entre eux comme la brume descendante du soir. Alors que le crépuscule enveloppait Annecy de ses nuances violettes et bleues, l'air environnant vibrait de la lumière déclinante du jour. Mustapha fit un pas vers elle, leurs souffles se mêlant dans l'air vif, créant de minuscules nuages qui se dissipèrent rapidement dans le crépuscule hivernal.

Le temps ralentit, et pendant un instant à couper le souffle, on aurait dit que l'univers conspirait pour les rapprocher. Un poids lourd pesait sur eux, grandissant progressivement dans l'atmosphère chargée. L'un d'eux ferait-il le premier pas ? Ce moment allait-il se briser en un rire timide ou rester inexprimé, suspendu comme la neige qui tombait autour d'eux, intact et éternel ?

Avant que Mustapha n'ait le temps de poser la question qui le taraudait, un craquement tonitruant retentit sur le lac, où un énorme morceau de glace s'était déplacé, détournant leur attention l'un de l'autre et brisant la chaleur naissante. Tous deux surpris, ils échangèrent des regards remplis de surprise et d'inquiétude.

Le moment leur avait glissé entre les doigts, comme les grains de sable tombant dans un sablier, emportant avec lui un désir inassouvi.

« Rentrons », suggéra Brigitte d'une voix calme, en se tournant vers la chaleur de l'auberge, espérant que la chaleur ferait fondre la glace entre eux.

Mais, l'idée de se réfugier dans l'ombre du passé serra son cœur, alors qu'elle ne souhaitait qu'une chose : avancer vers un avenir incertain, mais prometteur.

Mustapha la suivit, sentant le poids de l'occasion manquée peser sur ses épaules et la magie tranquille de l'hiver qui persistait, le poussant à saisir ce que son cœur désirait vraiment.

L'air matinal était froid sur les joues de Brigitte lorsqu'elle sortit de La Vie Douce, la vieille porte en bois grinçant légèrement derrière elle. Une brume pâle flottait juste au-dessus des pavés, se mêlant à l'odeur des pins et à l'odeur âcre du gel. Chaque respiration formait un nuage silencieux, un fantôme s'élevant vers le ciel de porcelaine.

Les flocons de neige tombaient paresseusement, se posant doucement comme des plumes sur les rebords des fenêtres et se fondant délicatement dans le tissu du monde. Le silence n'était pas vide. Il était plein, dense de possibilités, comme un souffle retenu attendant d'être libéré. Ses doigts roses et tendres à cause du froid effleurèrent la balustrade en fer givrée.

De minuscules cristaux de glace s'accrochaient obstinément à sa peau, piquant comme la plus légère des promesses de douleur. Brigitte pouvait sentir la faible chaleur du pain en train de cuire s'échapper à travers les murs, un réconfort doré qui enveloppait l'auberge de l'intérieur et lui rappelait la cuisine de Mémé les matins d'hiver, avec la pâte qui lève lentement à la lueur du feu. Dehors, le canal gelé scintillait, un miroir brisé en éclats d'argent et de bleu.

La lumière des lampadaires se reflétait doucement sur la neige, projetant des ombres légères qui semblaient murmurer une vie secrète. Un carillon lointain, provenant du clocher de l'église ou du vent pris dans le beffroi, ponctuait le silence ; chaque note était aussi nette et claire que des glaçons se brisant sous l'effet du dégel. Mustapha avançait lentement dans la rue, son appareil photo suspendu à son cou, les orteils craquant dans la neige fraîche.

Sa respiration était irrégulière, un rythme lent qui imitait le pouls régulier de la ville. Le froid lui mordait le cou, mais le silence l'enveloppait plus chaleureusement qu'une écharpe. Il s'arrêta, attiré par un scintillement où le givre s'était déposé sur les branches fragiles d'un arbre dénudé.

Le monde paraissait distillé, réduit à la lumière, à l'ombre et au bord cristallin du souffle de l'hiver. Un léger crépitement parvint à ses oreilles, provenant de la glace qui bougeait quelque part sous le canal, un bruit subtil et vivant, comme si la terre elle-même recelait son propre secret. Malgré le froid qui lui mordait la peau, il y avait une étrange chaleur dans ce silence, une immobilité qui touchait quelque chose enfoui au plus profond de sa poitrine.

Brigitte leva les yeux lorsqu'elle entendit des pas approcher. Mustapha apparut, sa présence dérangeante et précise au milieu de la douceur de la neige qui tombait. Ses yeux sombres croisèrent les siens un instant, encadrés par ses cheveux humides balayés par le vent.

Ils n'échangèrent pas un mot, mais l'air froid qui les séparait scintillait d'une tension tacite, comme si le givre lui-même retenait son souffle dans l'attente. Sans réfléchir, Brigitte glissa une mèche de cheveux derrière son oreille, un geste minime, mais délibéré. Elle sentit le rythme instable de son pouls sous son apparence calme, reflété d'une certaine manière dans la fragile couche de glace qui recouvrait les lampadaires en fer forgé.

Elle murmura, à peine audible dans le silence

: « C'est étrange, la façon dont la neige donne l'impression que tout est à la fois nouveau et gelé. »

Mustapha hocha la tête en guise de réponse, mais son regard s'attarda, comme s'il essayait de lire des secrets dans les étincelles de givre accrochées à ses cils. L'air vif transportait un parfum de résine de pin mêlé à de la fumée de bois, qui se faufilait entre eux, mêlant passé et présent, solitude et connexion tacite.

Pendant un instant, le monde extérieur aux rues gelées s'estompa. Il ne restait plus que le craquement de la glace et le doux bruit de la neige qui tombait, les enveloppant dans la fragile intimité de l'hiver. Le vent changea soudain de direction, une rafale fragile qui fit tourbillonner la neige cristalline autour de leurs pieds.

Brigitte frissonna et serra son manteau plus fort ; Mustapha s'approcha, son souffle chaud frôlant sa joue. L'espace entre eux se réduisit, chargé du battement silencieux des non-dits. Elle voulait lui demander ce qu'il faisait dans cet endroit froid et calme, mais les mots restèrent coincés sur sa langue, comme une fleur gelée, fragile et cassante.

Au lieu de cela, elle jeta un coup d'œil vers le canal où la glace commençait à scintiller sous les premiers rayons du soleil matinal.

« Le monde semble différent ici », murmura-t-elle d'une voix douce et ferme, comme si elle retenait son souffle, dans l'attente.

Il la regarda alors, une ombre traversant ses traits. Quelque chose de brut et de vulnérable traversa la barrière qu'il avait soigneusement érigée.

« Peut-être que nous le sommes tous les deux », dit-il doucement, sa voix résonnant dans l'air froid comme de la fumée.

Le moment s'étira, tendu, délicat comme la fenêtre recouverte de givre derrière eux, jusqu'à ce qu'un aboiement lointain brise le charme et que la magie du silence enneigé commence à fondre. Pourtant, sous la froideur de l'air hivernal, entre la douce chute de neige et le calme glacial, un fil fragile s'était tissé. Une promesse invisible scintillait juste sous la surface de la glace et du givre.

Mustapha El-Maani se déplaçait dans les rues étroites et pavées d'Annecy, tel un fantôme, enveloppé dans un lourd manteau de retenue. Ses yeux sombres s'attardaient sur les toits saupoudrés de neige, tandis que la lueur vacillante des lumières des porches projetait de longues ombres mouvantes. Autrefois, il avait été célébré à Paris. Non pas pour son travail calme et contemplatif, mais pour son style tranchant qui faisait tourner les têtes et vendait des magazines.

À présent, il errait dans ces ruelles glacées à la recherche de quelque chose d'insaisissable, qui dépassait l'éclat de la célébrité. Sa réputation de photographe, qu'il avait si méticuleusement construite, lui semblait être une coquille qui se fissurait sous le poids d'une déception inexprimée. Il se disait : « La beauté est partout. Alors, pourquoi diable, je ne la ressens plus ? » Ses blessures étaient trop profondes pour être montrées, protégées par un vernis d'indifférence qu'il portait comme une armure. Il n'avait pas touché à son appareil photo personnel depuis plus d'un an ; son absence était le témoignage silencieux de la créativité qu'il avait enfouie sous des couches de cynisme et de regrets.

Le monde de Brigitte Moreau était fondé sur la chaleur et la stabilité. Son auberge, La Vie Douce, se trouvait au cœur de la vieille ville d'Annecy, et ses fenêtres étaient embrumées par l'odeur du pain frais et des pommes cuites. Elle aimait croire qu'elle s'occupait simplement de son petit royaume de routines : polir l'argenterie ancienne, pétrir la pâte, tandis que ses pensées dérivaient comme la vapeur s'élevant de sa tasse de thé.

Ses souvenirs d'enfance tournaient en boucle

dans sa tête : la voix douce de Mémé, les histoires sucrées et patientes, la leçon tacite que l'amour se trouvait dans les petits gestes : verser une tasse de thé, recoudre un bouton cassé, écouter patiemment. Fille d'une mère célibataire, elle avait appris très tôt que l'appartenance signifiait une présence lente et constante. Pourtant, sous son apparence calme, une soif silencieuse persistait.

Elle tenait un journal tous les soirs, y griffonnant des lettres d'amour qu'elle n'enverrait jamais. Des rêves de passion, d'aventures, d'une vie qu'elle avait mise de côté pour des jours plus sûrs et plus calmes. En regardant le paysage hivernal, elle se demandait si elle avait allumé des feux pour les autres, alors que sa propre chaleur restait inaccessible. Les souvenirs de Mustapha à Paris flottaient comme une bobine de film faible et vacillante, un succès éclatant assombri par la désillusion.

Les lumières vives, les éloges éphémères, la recherche constante du prochain cliché parfait. Tout cela le laissait vide, avide d'un silence qu'il ne semblait pas pouvoir trouver au milieu du chaos. Ses succès passés avaient un prix. Il se souvenait du jour où il avait perdu sa fiancée, sa voix résonnant comme un écho fantomatique dans son esprit et son absence comme une blessure qu'il refusait de soigner.

Maintenant, dérivant dans le silence hivernal d'Annecy, il cherchait à redécouvrir la beauté qu'il avait connue autrefois. Son objectif était simple. Il voulait capturer la lumière immaculée et intacte de l'hiver avant qu'elle ne se fonde dans l'oubli. Mais les barrières internes qu'il avait érigées menaçaient de l'engloutir tout entier.

Sa voix intérieure était poétique, mais aussi brutalement autocritique. « La beauté est partout. Alors, pourquoi diable, je ne la ressens plus ?» Ses mains, d'habitude si fermes derrière l'objectif, tremblaient légèrement tandis qu'il contemplait le lac scintillant et ressentait douloureusement qu'il avait perdu le contact avec sa propre clarté intérieure.

Alors que le crépuscule enveloppait la ville d'un bleu glacé, Brigitte franchit le seuil de son auberge, le cœur serré par une connexion qu'elle n'était pas sûre d'être prête à affronter. Elle accomplit ses tâches quotidiennes avec douceur et précision : elle remplissait des bols en argent de flocons d'avoine fumants, resserrait la couette usée sur le lit d'un client ; chaque geste était une petite pierre dans les fondations de sa stabilité. À l'intérieur, son esprit repassait des fragments de vieux rêves. Peut-être ouvrir une galerie. Peut-être voyager au-delà des frontières d'Annecy, mais la peur l'enracinait.

Son enfance avait été marquée par des soins discrets ; le décès de sa mère alors qu'elle était jeune lui avait laissé le désir de créer un havre de paix pour les autres. Pourtant, son journal n'était pas rempli de croquis, mais de lettres d'amour secrètes. Des sentiments qu'elle n'osait pas partager, comme des graines fragiles qu'elle gardait secrètes. En regardant la neige tomber doucement dehors, elle se demandait combien de temps encore elle pourrait rester cachée derrière ses routines, combien de temps encore elle pourrait garder ce désir enfoui dans son cœur, attendant qu'un événement ou une personne vienne la sortir de cette tranquillité.

Mustapha regardait les montagnes enneigées, son esprit tourmenté par les doutes et les espoirs. Il était venu à Annecy dans l'espoir de trouver la tranquillité. Une échappatoire au bruit de la célébrité et au chaos de la vie urbaine. La surface scintillante de la ville s'était usée, révélant des fissures en dessous : des désillusions envers lui-même, le sentiment que l'étincelle artistique s'était éteinte.

Ici, au milieu du silence et de la tranquillité glaciale, il espérait trouver l'inspiration. Quelque chose de réel, de brut, qui pourrait raviver sa passion. Le reflet scintillant de la neige sur les canaux gelés et le silence étouffé du souffle de l'hiver qui l'entourait lui servaient de miroir à son propre calme intérieur. Il se disait : « Si seulement je pouvais voir à travers ces couches de givre, je trouverais peut-être la clarté. »

Pourtant, sous son apparence calme se cachait un tourbillon de doutes. Avait-il perdu la capacité de ressentir véritablement, de voir la beauté qui avait autrefois inspiré son travail ? Cette question le hantait alors qu'il préparait son appareil photo, sentant le poids d'espoirs inexprimés en équilibre précaire au bord de son âme. Dans leur solitude respective, Brigitte et Mustapha portaient tous deux des histoires tacites, des désirs contrariés par la peur, cha-cun aspirant à une connexion qui menaçait de détruire leurs défenses fragiles.

Le paysage hivernal qui les entourait mur-murait une transformation : peut-être ne pour-raient-ils découvrir ce qu'ils avaient longtemps enfoui sous des couches de glace que dans le calme. Les ombres s'allongeaient et un vent léger apportait le son lointain des cloches de l'église, rappelant que la vie à Annecy bat-tait doucement, attendant ceux qui voulaient bien l'entendre. Alors que leurs chemins s'ap-prêtaient à se croiser, une tension silencieuse s'enroulait dans l'air glacial. Une vulnérabilité partagée commençait à peine à émerger du profond silence de l'hiver, laissant présager que même dans le silence, quelque chose d'essentiel était en train de se produire.

Ils ne le savaient pas encore, mais la neige allait bientôt tomber plus fort et changer leurs mondes d'une manière qu'ils n'avaient pas prévue.

2
Capturer la lumière et l'émotion

Le froid matinal enveloppait Mustapha comme un cocon lorsqu'il sortit de *La Vie Douce*.

Chaque respiration formait un petit nuage de buée dans l'air froid, qui s'évanouissait avant de disparaître complètement. Il plissa les yeux face à la luminosité du monde enneigé, émerveillé par la transformation du paysage survenue pendant la nuit, recouvert d'une couche de neige fraîche, telle une toile vierge. « C'est magnifique », murmura-t-il, ressentant une émotion inhabituelle, un mélange d'excitation et d'anxiété.

Alors qu'il hissait son sac photo sur son épaule, il sentit que le poids de son inertie de l'année précédente était plus léger, comme si la promesse de belles scènes pouvait le sortir de sa torpeur créative. Il s'arrêta, laissant la beauté silencieuse l'envahir : les glaçons suspendus, délicats comme de la dentelle, la neige immaculée qui craquait sous ses pieds, et les sons doux et feutrés du monde qui s'éveillait autour de lui.

Il se souvint des paroles de Brigitte : « Laissez la neige vous parler, Mustapha. Trouvez votre histoire là-bas. » Le cœur concentré, il erra dans les rues étroites et sinueuses d'Annecy, transformées en un pays des merveilles immaculé.

Les canaux étaient recouverts de glace tandis

que la douce lueur des bougies scintillait derrière les fenêtres givrées, créant un contraste de chaleur dans ce décor glacial. En portant son appareil photo à son œil, il sentit la tension dans sa poitrine s'atténuer. Chaque clic de l'obturateur était un instant volé au temps, une éphémère capture de la beauté qui s'enfuyait.

Soudain, la silhouette de Brigitte apparut au coin de la rue, les joues rougies par le froid, le rire jaillissant de ses lèvres comme la lumière du soleil à travers les arbres.

« Vous semblez sérieux », le taquina-t-elle, son propre appareil photo à la main. « Êtes-vous à la recherche de photos ou du sens de la vie ? »

« Peut-être les deux, » répondit-il, incapable de réprimer un sourire. « Mais surtout, je veux immortaliser cet instant. Vous voyez comme la lumière fait briller la neige ? »

Il désigna une parcelle de terre où le soleil filtrait à travers les arbres, créant des poches de lumière au milieu de la blancheur.

La lumière pâle de la fin d'après-midi se répandait doucement sur les toits d'Annecy, une lueur brumeuse effleurant les canaux gelés comme une promesse murmurée.

Mustapha se tenait au bord du vieux pont

de pierre, son appareil photo pendu à son cou, observant la danse délicate de la lumière sur la neige. La voix de Brigitte traversa l'air froid, chaude et calme, à ses côtés.

« C'est l'heure dorée, tout s'adoucit, même les ombres. » Elle prit une longue inspiration, le parfum vif des pins se mêlant à l'odeur légère de la fumée des cheminées voisines. « C'est comme si le monde retenait son souffle juste assez longtemps pour nous permettre de percer son secret. »

Mustapha se déplaça, le regard rivé sur la couche de neige pâle qui recouvrait les champs gelés au-delà de la ville. La neige n'était pas seulement blanche ; elle portait la lumière et la reflétait avec une clarté presque surnaturelle.

« C'est plus qu'un simple reflet, n'est-ce pas ? C'est une seconde lumière qui rebondit partout, sous les arbres, contre les murs de l'église. »

Ses doigts flottaient au-dessus de l'ouverture de l'appareil photo, tentant de capturer ce que ses yeux voyaient, mais son cœur avait du mal à ressentir. Brigitte sourit doucement, les joues rougies par le froid.

« La neige ne se contente pas de réfléchir la lumière, dit-elle. Elle la renvoie. Elle fait tout scintiller. »

Les ombres s'étirèrent, longues et fines, se faufilant entre les vieux pavés et rampant sur les murs, telles des veines sombres traversant la lueur hivernale. Mustapha s'agenouilla à côté d'une parcelle de neige intacte et observa comment les ombres bleu-gris se courbaient et se tordaient.

« Ces ombres racontent des histoires », murmura-t-il presque pour lui-même.

« Pas seulement des formes, mais des indices d'endroits que nous n'avons pas vus, ou de parties de nous-mêmes que nous cachons. » Brigitte s'accroupit à côté de lui, et leur souffle était visible dans l'air glacial. « Parfois, l'ombre est plus véridique que la lumière », dit-elle d'une voix à peine plus forte qu'un murmure.

« C'est là que réside le cœur. »

À mesure que le soleil descendait, toute la scène changeait. Les rayons du soleil couchant se mêlaient au bleu glacé du crépuscule, peignant le ciel de touches de lavande et de pêche.

Mustapha leva son appareil photo et cadra une image scintillante de tension, l'équilibre délicat entre la chaleur et le froid, la lumière et l'ombre. Il regarda Brigitte de côté, captant le regard doux et assuré de ses yeux.

« Pourquoi est-ce que j'ai l'impression que c'est plus qu'une simple photo ?», demanda-t-il, hésitant dans le silence. « Comme si c'était... un commencement. »

Elle acquiesça, un léger sourire effleurant ses

lèvres.

« Parce que chaque lumière a son ombre, Mustapha. Et chaque ombre attend son heure dorée. »

La neige sous leurs pieds crissa plus fort tandis que la lumière déclinante touchait les contours des arbres voisins.

Un silence s'installa entre eux, un silence qui n'était pas vide, mais rempli de questions tacites, d'espoirs prudents et des prémices fragiles d'une connexion. Mustapha expira lentement, puis leva à nouveau son appareil photo ; cette fois, ses mains ne tremblaient pas. L'heure dorée était éphémère et les ombres s'épaississaient, mais, dans ce moment froid et lumineux, quelque chose de fragile et d'indéniable prenait forme entre eux, prêt à sortir de l'ombre pour entrer dans la lumière.

Mustapha ajusta la sangle de son appareil photo tout en observant les rues enneigées d'Annecy. Le silence hivernal de la ville était presque sacré ; chaque souffle semblait suspendu dans l'air glacial, scintillant d'une clarté cristalline qu'il n'avait pas ressentie depuis des années. Ses yeux, d'ordinaire vifs et précis, cherchaient désormais quelque chose de plus doux, quelque chose d'insaisissable, plus qu'une composition parfaite.

Il se demandait si capturer cette beauté tranquille pourrait l'aider à renouer avec une part de lui-même qu'il avait longtemps enfouie sous des couches de scepticisme et de désillusion. Il se souvenait de ses débuts à Paris, où chaque photographie était comme un morceau de son âme, brut et sans défense. Il se souvenait de ces nuits passées à chasser la lumière fugitive, à expérimenter sans crainte, à laisser l'émotion s'infiltrer dans chaque cliché.

Mais à mesure que les exigences superficielles de l'industrie se faisaient plus pressantes, il avait appris à masquer ces sentiments derrière la perfection technique, créant des images qui plaisaient aux autres, mais qui le laissaient vide. Aujourd'hui, dans le calme d'Annecy, il aspirait à redécouvrir cette authenticité, à dépasser la simple technique pour atteindre un domaine où ses photographies pourraient murmurer ce que les mots ne sauraient jamais exprimer. À côté de lui, la voix de Brigitte se fit doucement entendre dans l'air hivernal, apportant une chaleur qui contrastait fortement avec le paysage glacé.

« Vous savez, dit-elle, son souffle formant des nuages éphémères; il ne s'agit pas seulement d'obtenir la photo parfaite, mais aussi de ressentir l'histoire qui se cache derrière. La façon dont la neige s'accumule autour d'un bâtiment ou dont la lumière frappe le canal, ce sont des histoires. »

Ses mots le firent réfléchir.

Malgré ses nombreuses années d'expérience, il comprit qu'il avait négligé toute l'émotion que ses images pouvaient véhiculer s'il lâchait prise et s'il se laissait porter par les émotions que le paysage tentait de transmettre. Les doigts de Mustapha hésitèrent sur le déclencheur de son appareil photo. Il repensa à la façon dont il considérait souvent la photographie comme une science : la lumière, l'ombre, l'ouverture, autant d'éléments à manipuler, à disséquer, à perfectionner.

Mais à présent, le défi devenait plus personnel. Pouvait-il traduire la chaleur subtile du sourire de Brigitte ou la résilience tranquille des arbres chargés de neige en images qui résonneraient au-delà de l'esthétique ? Pouvait-il trouver un style qui ne serait pas seulement techniquement parfait, mais aussi émotionnellement évocateur, une expression de sa vérité intérieure plutôt qu'une simple compétence acquise ?

Ces questions persistaient, repoussant les limites qu'il s'était fixées. Alors que le soleil déclinait, projetant une lueur dorée sur les toits enneigés, Mustapha ressentit une émotion, une vulnérabilité qu'il n'avait pas éprouvée depuis des années. Il regarda Brigitte allumer une bougie à l'intérieur de l'auberge, sa silhouette vacillant à travers les fenêtres givrées, et soudain, il eut l'impression qu'une nouvelle partie de lui-même se réveillait.

La voix intérieure qui l'avait autrefois poussé à rechercher l'authenticité lui murmurait maintenant : « Accepte l'imperfection. Laisse tes émotions façonner ton art. » Cette pensée ralentit son rythme cardiaque ; un moment de clarté rare au milieu de la palette terne de l'hiver. Il comprit alors que le passage de la simple maîtrise technique à l'expression émotionnelle authentique exigerait bien plus que du talent : il exigerait de l'abandon.

3

Le monde intérieur de Brigitte

Brigitte Moreau se retrouvait souvent à la table de la cuisine avec sa grand-mère, l'arôme chaleureux du pain fraîchement cuit les enveloppant comme une douce couverture. Les mains de sa grand-mère, marquées par l'âge et l'expérience, pétrissaient doucement la pâte, chaque pression et chaque pli instillant un rythme que Brigitte trouvait apaisant. À l'âge de neuf ans, elle avait appris bien plus que des recettes ; elle avait absorbé l'essence même de l'attention et de l'amour que sa grand-mère mettait dans chaque miche de pain.

« Ma chérie, disait sa mémé d'une voix douce et chantante, quand tu offres du pain chaud à quelqu'un, tu lui offres un morceau de ton cœur. »

Ces après-midis étaient remplis de leçons enveloppées de rires et de farine. Alors que la lumière du soleil se déversait à travers les fenêtres givrées, projetant des motifs délicats sur la table en bois, Brigitte s'imprégnait de la sagesse qui accompagnait chaque saupoudrage de farine et chaque pincée de sel.

La pâtisserie n'était pas une corvée, c'était un acte d'intimité.

« Cuisiner, ce n'est pas seulement une question d'ingrédients », lui rappelait gentiment sa mémé en levant les yeux, un sourire dansant dans le regard. « C'est savoir ce dont les autres ont besoin, c'est nourrir leur âme. »

Brigitte était loin de se douter à quel point ces leçons allaient résonner tout au long de sa vie. Des années plus tard, alors qu'elle se tenait dans la cuisine de *La Vie Douce*, l'auberge de sa grand-mère, elle repensait souvent à ces paroles. Les matins d'hiver frais, baignés d'une lumière argentée, lui rappelaient le souvenir de la pâte qu'elle pétrissait et qui semblait parfaite sous ses doigts.

L'odeur des brioches à la cannelle qui flottait dans le hall était devenue sa signature, un accueil chaleureux pour les voyageurs fatigués. Pourtant, sous la surface des sourires calmes et des pâtisseries chaudes, une lueur de nostalgie teintait son cœur. Elle était l'architecte du confort de ses clients, une sentinelle de chaleur, mais elle avait souvent l'impression d'être un pain cuit trop longtemps, légèrement brûlé sur les bords.

« Tu sais, Brigitte », lui avait dit Sophie, sa meilleure amie et sous-chef, un après-midi, alors qu'elles se préparaient pour un autre week-end d'hiver, « pour quelqu'un qui nourrit si bien tout le monde, tu ne sembles jamais remplir ton assiette. »

Brigitte remuait la pâte, les yeux concentrés, mais aveugles, se cachant derrière le doux cliquetis des œufs battus. Elle avait balayé l'observation de Sophie d'un sourire.

« C'est la joie d'accueillir qui compte le plus. »

Pourtant, la vérité sous-jacente pesait lourdement : elle aspirait elle-même à une place à table. Une connexion plus profonde, un amour qui refléterait la chaleur qu'elle mettait dans ses pâtisseries.

Sophie s'appuya contre le comptoir de la cuisine, les bras croisés ; son attitude enjouée laissa place à l'inquiétude.

« Tu ne peux pas continuer à coudre ton cœur dans la vie de tout le monde, Brigitte. Tu mérites aussi ton propre bonheur. »

Brigitte ressentit une pointe de vérité dans les paroles de son amie, mais elle détourna la conversation en riant.

« Le bonheur me semble trop... compliqué. J'ai mon auberge, et cela me suffit pour l'instant. »

Mais, au fond d'elle, un murmure de mécontentement s'éveilla, la poussant à reconsidérer sa situation et à remettre en question les habitudes dans lesquelles elle s'était installée depuis des années. Si son enfance lui avait inculqué la sagesse, elle avait également semé en elle des dépendances qui semblaient inébranlables. Le confort de l'hospitalité était devenu à la fois une sécurité et une cage.

Chaque toast porté dans la salle à manger confortable, chaque remerciement sincère de ses clients résonnaient d'une mélodie douce-amère évoquant des rêves inassouvis. Dans son esprit, elle voyait sa mémé assise en face d'elle, une tasse de thé à la main, un sourire complice reflétant une vie consacrée à l'amour. Pourtant, lorsque la nuit tombait sur Annecy et que la lueur des bougies vacillait contre les vitres givrées, Brigitte était prise de solitude.

L'auberge, sanctuaire bien-aimé pendant la journée, se transformait en une chambre d'écho vide la nuit. Elle feuilletait son journal dont les pages étaient remplies de lettres qu'elle n'enverrait jamais, des confessions écrites par un cœur enseveli sous le devoir. « Si seulement je pouvais laisser quelqu'un entrer, peut-être comblerait-il ce vide », se disait-elle silencieusement, l'idée s'accrochant aux bords de ses rêves.

À mesure que l'hiver avançait, les rumeurs sur les intentions d'Antoine persistaient. Son projet de raser l'auberge pour construire un complexe touristique planait comme un nuage d'orage. Et tandis que cette perspective ébranlait les fondations de son monde, une flamme s'allumait dans un coin caché de son cœur, lui rappelant que le changement était peut-être nécessaire. Sous la tension, une lueur d'espoir et de défiance commença à naître. Peut-être était-il temps de rechercher son propre bonheur, de comprendre que l'hospitalité qu'elle avait si souvent offerte pouvait aussi lui être accordée.

En regardant les canaux gelés dont la surface vitrée reflétait sa détermination grandissante, Brigitte sentit le poids des années qui s'envolaient. Le rythme tranquille de sa vie l'appelait et l'exigeait d'évaluer ce que signifiait donner et recevoir de l'amour. Chaque jour la rapprochait d'une décision : le dégel, qui pourrait soit lui apporter la chaleur dont elle rêvait, soit détruire le seul foyer qu'elle ait jamais connu, approchait à grands pas.

La pâle lumière de l'aube s'infiltrait doucement à travers les fenêtres givrées, projetant de délicates ombres sur le parquet usé de La Vie Douce. Brigitte se leva doucement, prenant soin de ne pas troubler le silence qui enveloppait l'auberge comme un châle familier. Le craquement du parquet sous ses pantoufles lui rappelait les années gravées dans les murs, une mélodie aussi régulière que le rythme qu'elle avait tissé dans sa vie quotidienne.

Elle se dirigea vers la cuisine où l'odeur du café torréfié se mêlait au parfum subtil de la cannelle et de la noix de muscade : la vieille recette de pain d'épices de sa grand-mère cuisait toute la nuit sur la cuisinière. Cette petite routine ancrait ses matins, un rituel aussi immuable que le souffle glacial de l'hiver à l'extérieur.

« Bonjour, Brigitte », dit Sophie d'une voix feutrée, mais chaleureuse depuis l'embrasure de la porte, comme si parler trop fort risquait de briser le calme fragile.

Ses joues étaient rougies par le froid et des mèches de cheveux humides bouclées se collaient à ses pommettes. Brigitte sourit et lui offrit une tasse de café fraîchement préparé sans lever les yeux.

« Tu es debout tôt. »

« Les clients vont bientôt vouloir prendre leur petit-déjeuner. »

Brigitte acquiesça en s'essuyant les mains sur son tablier.

« Le pain est dans le four. La fournée matinale de Luc est arrivée juste au moment où je me réveillais. »

« Tu devrais passer à la boulangerie plus tard, Sophie, il y a cette nouvelle confiture au miel que tu aimes tant. »

Sophie gloussa en se rapprochant de la chaleur de la cuisinière.

« Toi et tes petites traditions. L'auberge sent bon comme chez moi. »

Le mot resta suspendu dans l'air entre elles, léger, mais chargé de non-dits et d'un désir à peine exprimé.

Au fil de la journée, Brigitte endossa sans effort ses différents rôles : hôtesse, boulangère et gardienne de ces instants de calme qui tissaient des liens entre les gens. Le tic-tac de l'horloge du salon était un compagnon fidèle qui marquait le temps avec une douce insistance. Elle prenait plaisir à accomplir de petits gestes que d'autres auraient négligés : faire glisser délicatement les couverts anciens sur les serviettes en lin, plier méticuleusement les morceaux de beurre sur les assiettes en porcelaine délicate ou même fredonner une berceuse à voix basse en allumant les bougies au crépuscule.

Ces rituels n'étaient pas de simples routines, ils étaient un baume contre le froid extérieur et la douleur intérieure. Chaque pas mesuré était un murmure de contrôle dans une vie qui filait trop vite derrière les épais murs de pierre de l'auberge. En fin d'après-midi, elle trouvait un rare moment de solitude dans le salon baigné de soleil, où elle s'installait avec son journal en cuir usé.

Ses pages contenaient des lettres d'amour jamais envoyées, écrites d'une écriture tremblante d'espoir et de regret. Ses doigts effleuraient le bord de la page, traçant des phrases qui pendaient comme des fils fragiles entre ce qui était dit et ce qui restait caché : « Si seulement tu pouvais me voir ainsi » ou « J'attends, même si je ne sais pas quoi ni qui ». Dehors, les flocons de neige commençaient leur lente et silencieuse descente, se posant doucement sur le rebord de la fenêtre et estompant la frontière entre l'intérieur et l'extérieur.

Un coup soudain à la porte la tira de sa rêverie. Mustapha se tenait dans l'embrasure de la porte, son manteau couvert de neige, les yeux assombris, mais éclairés d'une légère hésitation. Sa présence perturbait l'ordre qu'elle chérissait, mais elle éveillait en elle quelque chose qu'elle n'osait nommer.

« J'espérais que vous auriez peut-être un peu de ce thé au gingembre », dit-il d'une voix basse, son souffle formant de la buée dans l'air froid. « Et peut-être une chaise près du feu. »

Brigitte esquissa un petit sourire entendu.

« Il y a toujours de la place près de la cheminée. »

Alors qu'elle versait le thé, les tensions de la journée semblaient s'évanouir dans la chaleur, une trêve fragile entre leurs mondes silencieux. Le froid des vitres murmurait l'emprise de l'hiver, mais à l'intérieur, le confort commençait à s'installer, brique après brique, souffle après souffle.

Et pourtant, sous cette tranquillité apparente, une tension persistait, comme l'écho lointain de pas dans un couloir, annonciateur d'un calme éphémère.

Brigitte était assise seule, dans la chaleur de La Vie Douce, son journal ouvert sur la table en bois usé. Dehors, la neige tombait douce-ment, recouvrant Annecy d'un silence blanc et soyeux. Elle feuilletait les pages, son stylo à la main, prête à écrire, mais hésitante, comme un voyageur fatigué qui s'arrête avant de faire le dernier pas.

Son écriture était soignée et délibérée, chaque mot un doux murmure d'espoirs qu'elle n'osait pas exprimer pleinement. Dans son esprit, la douleur silencieuse du désir s'en-tremêlait aux lueurs vacillantes de l'espoir, comme si les pages pouvaient contenir les secrets tremblants qu'elle gardait enfouis. Ce journal était son refuge, un endroit où son amour tacite et ses rêves tranquilles pouvaient s'épanouir, loin du regard du monde.

Ce soir-là, ces pages tachées d'encre sem-blaient scintiller d'une vérité plus profonde : sous son apparence calme se cachaient des couches de vulnérabilité et de désir inassouvi. En suivant les mots du regard, son esprit revint aux histoires de sa grand-mère, à ces petits rituels qui marquaient les moments d'amour.

Verser le thé avec soin, coudre avec patience, attendre le bon moment : tels étaient ses gestes d'affection, sa façon de montrer à quel point elle tenait à quelqu'un.

Pourtant, une petite voix persistait en elle, se demandant si une connexion authentique était possible sans grands gestes ni déclarations. L'écriture était son rituel secret, un moyen de garder vivants ses espoirs fragiles, même s'ils restaient invisibles aux yeux des autres. Elle s'arrêta, les yeux fixés sur la vitre givrée où le monde glacé à l'extérieur reflétait son propre froid silencieux.

Elle se demandait si ses mots pourraient un jour combler l'écart entre le désir et l'épanouissement, ou si son auberge, à l'instar de son cœur, garderait à jamais ses secrets sous la surface, ne les révélant que dans les moments de solitude et d'écriture. De l'autre côté de la ville, Mustapha errait dans les ruelles étroites de la vieille ville d'Annecy, son appareil photo pendu à son cou. Le froid transperçait son manteau, mais son esprit était réchauffé par des images à peine formées.

Il était venu chercher le silence, une pause loin de la cacophonie de Paris. Cependant, au milieu des toits givrés et de la glace scintillante du canal, il se retrouva empêtré dans des réflexions silencieuses. Son appareil photo était le prolongement de son esprit réservé, capturant des moments fugaces de beauté qu'il avait du mal à apprécier pleinement. Au détour d'une rue, il s'arrêta sous une maison à pignons, son souffle se condensant dans l'air, et leva instinctivement son appareil photo.

L'objectif se focalisa sur une rue étroite et enneigée où la lumière jouait un jeu délicat d'ombres et de reflets. Dans ce calme, un murmure s'éveilla en lui : le désir inexprimé de renouer avec sa créativité, de voir le monde sous un nouveau jour, à travers un objectif non seulement technique, mais aussi émotionnel. Il aspirait à retrouver cette étincelle cachée, quelque chose de longtemps enfoui sous des couches de doute et de désillusion. Mais le calme restait obstinément insaisissable, comme des secrets cachés à la vue de tous dans le silence de l'hiver.

4

Silence et ressourcement

L'air vif de la capitale était une toile pour Mustapha El-Maani, chaque rafale lui rappelant ses souvenirs d'ascension vers la gloire dans la Ville lumière. Ses doigts effleuraient l'objectif de son appareil photo alors qu'il se tenait dans une rue bondée, les rires lointains des passants se mêlant au rythme de son cœur. « Encore un peu plus près », murmura-t-il pour lui-même, les yeux fixés sur une femme saisissante, baignée par la lumière du soleil, dont la silhouette était encadrée par la lueur dorée de la Bastille.

D'un clic, il captura plus qu'une simple image ; il saisit un instant qui semblait presque vivant. Mais même dans ces éclats de lumière, un sentiment de désillusion sous-jacent tiraillait son esprit, lui rappelant la superficialité qui l'étouffait. Paris l'avait accueilli à bras ouverts, le monde de la mode l'attirant avec la promesse du succès et de l'admiration. Il avait baigné dans les louanges, son nom étant synonyme de beauté, mais sous cette façade grandissait un sentiment d'isolement.

Il contemplait souvent la Seine dont les eaux boueuses reflétaient son chaos intérieur.

« Que vois-tu ? » lui demandait Claire, son assistante, lors de leurs cafés tardifs, le front plissé d'inquiétude.

« Je ne sais pas », répondait-il, la vérité lui

échappant. « Peut-être, je ne fais que pour-chasser des fantômes », disait-il, l'amertume enveloppant ses mots comme le brouillard qui s'élevait du fleuve. Ses fiançailles s'étaient brisées comme du verre tombé sur du marbre, les éclats s'enfonçant profondément dans son cœur.

Laila était à la fois feu et glace, une présence saisissante qui avait enflammé ses passions, mais qui avait fini par l'étouffer.

« Tu n'es pas l'homme que je croyais », lui avait-elle dit, la voix empreinte de déception, détruisant ainsi l'image qu'il avait soigneuse-ment construite de lui-même. « J'ai besoin de quelqu'un de plus terre-à-terre », avait-elle soupiré, avant de s'éloigner, laissant Mustapha agrippé à son appareil photo comme à une bouée de sauvetage, même s'il lui semblait dé-sormais lourd de regrets.

Quelques mois plus tard, debout dans le paysage enneigé d'Annecy, il repensait à son passé parisien et avait l'impression de défaire les couches d'un monde oublié. Chaque flocon de neige qui venait caresser sa joue lui appor-tait un mélange de tranquillité et de tristesse. Il avait choisi cette ville tranquille pour échapper aux échos paralysants de sa vie antérieure et trouver le silence qui lui avait échappé dans l'agitation parisienne.

« À quoi bon ? » murmura-t-il, debout devant

les canaux sereins dont les reflets dansaient sous un ciel qui s'assombrissait. « Pourquoi ne puis-je plus le ressentir ? »

Les souvenirs défilèrent, un montage de lumières, de rires et du doux clic d'un appareil photo capturant une beauté éphémère. Il avait tout connu : le faste, le glamour... Mais derrière l'objectif, il luttait contre le poids des barrières émotionnelles qu'il avait construites brique après brique, chacune étant une promesse silencieuse de ne plus jamais risquer de souffrir. Dans cet instant de contemplation, la beauté sereine qui l'entourait devint insupportable ; il comprit avec amertume que le silence ne pouvait le réconforter qu'un certain temps.

« Je dois reprendre mon appareil photo », se dit-il, un murmure d'espoir dans l'air glacial. Les jours se transformèrent en semaines, puis Mustapha se retrouva debout sur les rives gelées du canal du Thiou, regardant les tourbillons de flocons de neige, comme s'il attendait que l'inspiration lui vienne. Il se souvint de ses jours à Paris, de ses ambitions oubliées qui resurgissaient comme des échos dans le froid, autrefois pleines de passion, aujourd'hui étouffées par des blessures non soignées.

« Il est peut-être temps de prendre un nouveau départ », songea-t-il, tandis que la glace craquait légèrement sous ses pieds lorsqu'il changeait de position. Il se sentait davantage comme un homme renaissant que comme un simple voyageur perdu dans le temps. « Peut-être qu'ici, dans ce calme, je pourrai enfin affronter les ombres de mon passé. » Mais un doute persistant le taraudait.

S'était-il rendu à Annecy pour se retrouver ou pour se cacher ? La chaleur de l'auberge l'attirait alors qu'il s'éloignait de l'eau, la lueur rouge de ses fenêtres clignotant comme un battement de cœur. Mustapha respira profondément l'air glacial, déterminé à laisser le calme s'infiltrer dans ses os, mais le poids de son abandon au silence était lourd.

Alors que la nuit enveloppait le ciel, il prit une profonde inspiration, le poids du monde pesant toujours sur lui, et une résolution silencieuse bouillonnait en lui. Il était temps de laisser tomber les barrières émotionnelles qui le retenaient captif depuis trop longtemps. Le silence d'Annecy lui murmurait des promesses de rédemption et l'incitait à démêler les souvenirs, à la fois beaux et douloureux, qui l'emprisonnaient, et à embrasser les chemins inconnus qui l'attendaient.

Pourtant, une pointe de peur subsistait, profondément ancrée en lui. Trouverait-il la rédemption ou une déception encore plus grande ? Alors qu'il franchissait le seuil de l'auberge pour se réfugier dans sa chaleur, il espérait silencieusement trouver le courage, le regard tourné vers la lueur des bougies, attendant le jour où il pourrait apprécier le calme de l'hiver et peut-être redécouvrir l'art de vivre.

Mustapha resserra les sangles de son sac photo en cuir usé en sortant de la gare, l'air froid d'Annecy l'enveloppant comme une lourde couverture de laine. La ville, avec ses canaux gelés et ses toits saupoudrés de neige, était calme, si différente de l'effervescence constante de Paris, où sa vie avait autrefois tourné comme un carrousel vertigineux. Ici, la neige étouffait les pas et adoucissait les angles vifs des bâtiments, conférant à la ville une tranquillité rare.

Il s'arrêta sous un lampadaire, observant la danse délicate des flocons de neige illuminés par la faible lueur ambrée, et ressentit cette douleur familière, mêlée d'espoir et d'appréhension. « C'est drôle, murmura-t-il, sa voix presque perdue dans le silence — comme le silence peut être si bruyant ! » Il espérait que ce silence comblerait les vides que Paris avait creusés en lui, ces espaces vides sculptés par le bruit incessant, les lumières clignotantes et les visages qui ne le voyaient pas.

Son téléphone vibra brièvement dans sa poche, mais il l'ignora. Le monde numérique pouvait attendre. Ici, dans cette petite ville alpine, il comptait trouver autre chose : une source d'inspiration, un élan créatif, épargné par le rythme effréné de la ville.

En marchant dans les rues étroites pavées, Mustapha passa devant des fenêtres fermées, recouvertes de délicats motifs de glace, d'où s'échappaient des odeurs de fumée de bois, de pin et de pâtisseries. Le froid lui pinçait les joues et le crissement de la neige sous ses bottes était le seul bruit qui l'accompagnait. Un chat errant se faufila entre des portes ombragées et disparut, rappelant fugitivement que la vie continuait de s'agiter sous le silence de l'hiver.

Pendant des années, il avait photographié des pages de magazines sur papier glacé et des défilés de mode, des images réalisées avec précision, mais dépourvues d'âme. Le rythme effréné de la ville l'avait épuisé et, dans ce silence, il cherchait non seulement de nouvelles photos, mais également une nouvelle façon de ressentir les choses.

À La Vie Douce, Brigitte ouvrit la porte de l'auberge au moment où Mustapha arrivait.

Ses yeux d'un ambre chaud parsemé d'or rencontrèrent les siens, dans un bref instant qui signifiait bien plus qu'une simple salutation polie.

« Bienvenue », dit-elle doucement, sa voix ressemblant à un feu de cheminée dans l'air glacial. « L'hiver ici cache ses propres histoires.»

L'odeur du pain frais et de la cannelle flottait depuis la cuisine, invitante et réelle. Mustapha acquiesça, sentant à la fois la curiosité et la prudence l'envahir.

« Des histoires que j'espère capturer », répondit-il, s'adressant autant à elle qu'à lui-même.

Une fois à l'intérieur, l'auberge l'enveloppa d'une douce chaleur. La lumière des bougies vacillait derrière les fenêtres recouvertes de givre et le feu crépitait doucement dans la cheminée. Dehors, la ville dormait sous une épaisse couette de neige, mais ici, il trouvait refuge : un espace tranquille où il pouvait enfin respirer.

Alors qu'il dénouait l'écharpe usée autour de son cou, il sentit le poids de la vie urbaine s'estomper peu à peu.

« C'est étrange, avoua-t-il dans la lumière déclinante, tout ce bruit dont je pensais avoir besoin, je n'en ai plus besoin. »

Brigitte lui adressa un sourire compréhensif et, pendant un instant, la pièce lui parut autant intime qu'infinie.

Ce soir-là, Mustapha se promena seul le long des canaux gelés. L'eau, sous la glace, murmurait les secrets du temps et du calme. Il leva son appareil photo, les doigts engourdis par le froid, mais le clic habituel semblait creux dans ce silence si doux.

Il baissa l'objectif et observa le réseau de fissures dans la glace, la façon dont le crépuscule embrassait les congères et dont son souffle restait suspendu dans l'air comme de la fumée. Au plus profond de lui-même, enfoui sous des couches d'épuisement et de chagrin contenu, une lueur fragile commença à scintiller. Ce n'était pas l'éclat facile du glamour de la ville, mais quelque chose de plus calme et de plus durable : une invitation à faire de nouveau confiance à sa perception, à voir non seulement le monde, mais aussi lui-même.

De retour à l'auberge, il trouva Brigitte en train d'arranger un petit bouquet de fleurs sauvages séchées sur le rebord de la fenêtre. Ses mains bougeaient avec une habileté acquise par l'expérience, chaque geste était mesuré et tendre.

« Trouvez-vous ce que vous êtes venu chercher ici ? » demanda-t-elle sans se retourner, d'une voix basse et douce, comme un secret confié en toute confiance. Mustapha hésita, sentant les murs qu'il avait érigés commencer à s'effriter.

« Je ne sais pas encore », admit-il. « Mais je pense que le calme de cet endroit me permet de faire de la place en moi. »

L'horloge du couloir tictaquait régulièrement.

Dehors, la nuit s'intensifiait et le vent se levait, faisant claquer les volets comme un avertissement lointain ou peut-être un appel à la reddition. Seul dans sa chambre, Mustapha se tenait près de la fenêtre givrée, contemplant le pâle clair de lune qui éclairait la neige. Son appareil photo, intact, reposait sur le bureau en bois.

Cela faisait des mois qu'il ne l'avait pas utilisé, à part pour les séances photo de ses clients, et cette absence le rongeait ce soir-là. Le silence d'Annecy pesait lourdement sur lui, comme s'il exigeait quelque chose de sa part : un règlement de comptes ou un saut dans l'inconnu. Ses doigts tremblaient lorsqu'il tendit la main pour poser le doigt sur le déclencheur.

Quelque part, entre le froid et le silence, entre ce qui était perdu et ce qui pouvait être trouvé, il sentait le début fragile d'une histoire qui attendait de se dévoiler, aussi fragile que les premiers flocons de neige de l'hiver ou que l'espoir lui-même.

Mustapha se tenait à la fenêtre de l'auberge, contemplant les rues enneigées d'Annecy. La scène devant lui était calme, mais profonde ; un silence si épais qu'il lui pesait sur la peau, étouffant les bavardages lointains et le doux frottement des pas dans la neige. Il se souvenait de Paris, de ses lumières clignotantes, de son brouhaha et de la pression constante de devoir performer.

Mais, ici, dans cette crique gelée et immobile, il ressentait une douleur qui lui était presque étrangère : le besoin de créer sans contrainte, le désir de renouer avec quelque chose de profondément personnel qu'il avait longtemps réprimé. Son appareil photo gisait intact sur la table de chevet, vestige d'une vie passée à capturer la beauté des autres. Il avait connu le succès — pages de mode, couvertures de magazines, distinctions —, mais tout cela ne lui avait apporté qu'un écho creux.

Pour la première fois depuis des années, il se demandait s'il n'avait pas perdu la capacité de voir le monde par ses propres yeux. Non pas à travers un objectif aiguisé par les délais ou les attentes des consommateurs, mais comme un reflet brut et honnête de son âme. Ce désir inexprimé le rongeait dans le silence, un murmure qu'il ne pouvait ignorer : il avait besoin de ressentir à nouveau.

Il avait besoin de créer de l'art pour lui-même. Il se souvint d'une conversation avec Claire, dont la voix douce était empreinte d'une gentillesse persistante.

« Parfois, Mustapha, les meilleures photos ne

sont pas prises, elles sont découvertes. »

Il suffit de se rappeler comment regarder avec son cœur plutôt qu'avec ses yeux. Une vérité simple, presque trop douce pour son esprit endurci, mais qui le hantait dans le calme de la nuit. La ville l'avait engourdi ; la superficialité du glamour et des moments éphémères avait émoussé ses sens.

Peut-être qu'à Annecy, dans le silence de l'hiver, il pourrait retrouver ce que Paris lui avait volé : la sincérité, la vulnérabilité, l'espace pour respirer et créer sans le poids des attentes. Mais le chemin pour retrouver cette authenticité était flou, emmêlé dans des années de silence auto-imposé. Pourtant, sous sa froideur apparente, une lueur d'espoir s'alluma : le désir de se sentir à nouveau vivant à travers son travail, même si cela signifiait risquer tout ce qu'il croyait savoir de lui-même.

Alors qu'il se détournait de la fenêtre, son regard balaya la pièce et se posa sur l'appareil photo. Sa courroie en cuir était lâche, le boîtier était recouvert d'une fine couche de givre : oublié, mais toujours là, en attente. Une petite voix insistait en lui : « Prends-le. Explore le monde à nouveau, à travers la neige, à travers le silence, à travers toi. »

À chaque respiration, il sentait que la beauté inhérente qu'il avait autrefois capturée, cette vérité brute et sans filtre, se cachait toujours en lui, enfouie sous des couches de doute et de déconnexion. Peut-être que le silence extérieur était la clé pour libérer sa véritable voix.

Peut-être que dans cette immobilité, il pourrait enfin écouter ce que sa créativité avait toujours essayé de lui dire : renouer avec lui-même, au-delà des images, des attentes et de l'art destiné aux autres. Il devait désormais oser rechercher quelque chose d'honnête, quelque chose de réel.

5

Au carrefour de soi et du monde

Brigitte se tenait près de la fenêtre givrée de La Vie Douce, observant le monde argenté qui s'étendait devant elle. Les flocons de neige dansaient dans la faible lueur des réverbères, scintillant comme des secrets chuchotés dans les rues tranquilles d'Annecy. L'air était vif, imprégné de l'odeur des pins et de la fumée de bois, lui rappelant la chaleur qu'elle désirait, mais redoutait de réclamer.

Elle s'enveloppa dans ses bras, une habitude prise au fil des années passées à prendre soin des autres.

« Quand est-ce que je me réchauffe ? » murmura-t-elle, sa voix presque étouffée par le silence qui l'entourait.

Elle se détourna de la fenêtre et jeta un coup d'œil à son journal posé sur la table en chêne patiné dont les pages regorgeaient de mots non dits. Chaque lettre écrite était un aperçu de ses désirs, des lettres non écrites à la vie qu'elle rêvait d'embrasser, à l'amour qu'elle rêvait de posséder. Mais l'ombre du doute s'insinua aussitôt dans ses pensées.

Le bonheur éphémère qu'elle ressentait en écrivant ses rêves semblait en contraste avec la froide réalité du changement, un changement qu'elle n'oserait pas entreprendre seule. Les souvenirs de l'étreinte chaleureuse de Mémé envahirent son esprit. "L'amour se manifeste par de petits gestes constants," murmura-t-elle, mais même ce souvenir chaleureux vacilla face à son propre doute.

Alors que la nuit tombait, Brigitte se préparait à accomplir les rituels quotidiens de son auberge : allumer les bougies, disposer les pâtisseries fraîchement cuites et veiller à ce que le feu crépite de manière accueillante dans la cheminée. Les clients allaient bientôt arriver, cherchant à se réchauffer du froid hivernal. Dans son cœur, elle souhaitait qu'ils trouvent ce qu'elle ne parvenait pas à trouver : une connexion, un but, de la chaleur.

Cependant, derrière cette façade, une tempête se préparait. « Ne suis-je qu'une gardienne de ma propre vie ? » se demanda-t-elle, sentant le frisson familier de la peur l'envahir.

Puis, la porte grinça et Mustapha El-Maani, le mystérieux photographe qui avait trouvé refuge dans son auberge, entra. Il secoua la neige de son manteau et leurs regards se croisèrent brièvement ; une connexion s'établit en un éclair, puis il détourna le regard, esquissant un sourire gêné. Elle retint son souffle, submergée par le flot soudain d'émotions qu'il avait suscité en elle.

C'était un homme plein de secrets, dont l'apparence froide dissimulait une chaleur qu'elle percevait, mais qu'elle ne pouvait pas atteindre.

« C'est charmant ce soir », dit-elle d'une voix calme, bien que son cœur battît à tout rompre.

« En effet », répondit-il en regardant autour de lui, admirant l'ambiance qu'elle avait soigneusement créée.

« Vous avez créé un havre de paix ici. »

Ses mots l'enveloppèrent comme un châle réconfortant, mais Brigitte sentit le poids de sa tristesse quelque part sous la surface, une reconnaissance tacite de leur solitude commune. Les jours suivants, alors que la neige continuait de recouvrir la ville, ils se croisèrent plus souvent.

Les moments passaient en silence, mais les questions non posées planaient entre eux, telles des branches chargées de neige au-dessus de leurs têtes. Près du feu, elle se surprenait à lui jeter des regards furtifs, captivée par la façon dont il observait le monde à travers son objectif. À chaque clic, il semblait capturer quelque chose de sacré, un aperçu de la vulnérabilité qu'il dissimulait sous son attitude froide.

« Que voyez-vous lorsque vous regardez le monde ? » demanda finalement Brigitte un soir glacial, alors qu'ils étaient assis près du feu vacillant, les ombres dansant sur les murs.

Mustapha fit une pause, son appareil photo posé sur ses genoux, et croisa son regard, ses yeux sombres remplis d'une multitude de pensées.

« La beauté est partout. Alors pourquoi diable, je ne la ressens plus ? » admit-il, sa voix rauque trahissant l'artiste sous les couches de son armure émotionnelle.

Brigitte comprit : il portait son mécontentement comme un lourd vêtement d'hiver, difficile à ôter, mais qui l'alourdissait. Pour la première fois, elle sentit qu'ils se dévoilaient l'un à l'autre, prisonniers des tunnels sinueux de leurs peurs et de leurs rêves inassouvis.

« Peut-être s'agirait-il de lâcher prise, » suggéra-t-elle doucement, ses mots quelque peu enhardis par l'intimité tranquille qu'ils avaient cultivée au fil des nuits passées à la lueur des bougies et dans un silence partagé.

Ses yeux brillèrent d'une lueur semblable à de l'espoir, mais la peur régnait en maître, un invité indésirable dans leur relation naissante.

Au fil des heures, Brigitte sentit ses propres peurs refaire surface, une vague écrasante de doutes et de désirs. Serait-elle assez courageuse pour aller chercher ce qu'elle voulait ? Accepter le changement, risquer son cœur, ou se réfugier à nouveau dans la sécurité de la solitude ? Cette nuit-là, elle se réfugia dans son journal dont les pages étaient remplies de lettres d'amour débordantes d'aspirations.

Elle griffonna furieusement, l'envie de se confier à la page alimentant sa détermination.

« Et si nous pouvions trouver un moyen de nous réchauffer ensemble ? » écrivit-elle, les mots étant une supplication, une question, et peut-être un souhait d'aller plus loin que l'amitié tissée à travers les couloirs de leur désir partagé.

Alors que la lumière de l'aube embrassait l'horizon, promettant un nouveau jour, Brigitte savait qu'elle se trouvait à un tournant de sa vie. La peur la faisait trembler, mais l'espoir murmurait en elle. Elle comprit que le gel fondrait si elle faisait le grand saut.

Les ombres du doute pouvaient s'accrocher, mais à leur place, la chaleur et la lumière l'appelaient, l'incitant à embrasser le changement qu'elle désirait tant.

L'air était vif, plus vif qu'il ne l'avait été toute la matinée, et le monde à l'extérieur de la fenêtre scintillait sous un mince voile de givre. Mustapha était assis près de la vitre givrée, les doigts serrés autour d'une tasse de café noir brûlant qui ne parvenait pas à le réchauffer. Le paysage blanc s'étendait à l'infini au-delà de l'auberge, si immobile qu'il semblait intouchable par le temps, une toile de lumière et d'ombres tranquilles.

Pendant des années, il avait capturé la beauté à travers son objectif, son studio parisien regorgeant d'images vantant le glamour et la perfection. Pourtant, ici, dans l'hiver paisible d'Annecy, cette vieille magie lui semblait lointaine, comme une langue qu'il avait autrefois parlée couramment, mais qu'il avait depuis longtemps oubliée. Il soupira, un son doux mais chargé de frustration accumulée.

« Pourquoi ne puis-je plus la voir ? » murmura-t-il, les yeux rivés sur les délicats motifs de givre qui s'enroulaient sur la vitre. La neige étouffait tous les bruits extérieurs; même le craquement occasionnel des pas avait cessé à l'approche du soir.

Le monde semblait plongé dans une rêverie silencieuse, l'incitant à remarquer ce qu'il avait négligé pendant si longtemps. Dans ce silence, les aspects tranchants de sa vie citadine, les ragots des séances photo de mode, la course incessante vers le prochain grand événement... tout cela semblait déplacé. Pourtant, malgré ce calme, un pouls agité battait sous ses côtes, une douleur que les photos n'avaient jamais vraiment capturée jusqu'à présent.

Les pas légers de Brigitte s'approchèrent de la fenêtre, apportant avec eux l'odeur du pain fraîchement cuit et des pâtisseries chaudes. Elle s'arrêta à côté de lui, son souffle embuant la vitre tandis qu'elle regardait dehors.

« Il est facile de passer à côté des petites choses qui ont tant d'importance, dit-elle doucement, si l'on prend simplement le temps de ralentir. » Son regard croisa le sien avec une tendresse qui dépassait le simple commentaire anodin. « Même le froid peut receler de la chaleur, Mustapha. »

Il inspira profondément, captant le léger parfum de cannelle et de noix de muscade qui flottait derrière elle.

Sa présence stable et sans prétention était un baume pour ses nerfs à vif, une invitation à abandonner cette course effrénée. Il bougea, faisant légèrement grincer la chaise. « Je poursuis des images, pas des moments », avoua-t-il, dans une confession amère, mais sans fard.

« À Paris, tout tournait autour de la perfection, de la distinction. Mais ici, j'ai l'impression que le monde attend tranquillement, comme s'il me demandait de remarquer le silence autant que la lumière. »

Les mots restèrent suspendus entre eux, fragiles et nouveaux.

Il jeta un coup d'œil au verre dans lequel un seul glaçon tordu capturait la lueur du soleil déclinant et la fragmentait en minuscules arcs-en-ciel. Pendant un instant, cette glace irrégulière fut la chose la plus exquise qu'il eût vue de toute la journée. Un sourire réticent se dessina sur ses lèvres.

Brigitte tendit la main et effleura brièvement la sienne, d'un geste léger et discret. Cela fit naître une étincelle inattendue entre eux.

« Vous n'avez pas besoin de forcer les choses », dit-elle. « La beauté n'est pas toujours quelque chose de grandiose. Elle se trouve parfois dans la pause entre deux respirations, dans le crissement de la neige sous les pieds ou dans le souffle tranquille partagé autour d'une tasse de café. »

Ses mots se posèrent sur lui comme la douce chute de la neige fraîche : doux et insistants. Mustapha ferma les yeux un instant, son esprit déroulant la pelote serrée du cynisme enroulée autour de son cœur.

Pouvait-il se permettre de voir à nouveau ? De croire que le monde recelait des merveilles au-delà de la perfection angulaire de ses photographies ? Dehors, les premières étoiles commençaient à parsemer le ciel qui s'assombrissait, de minuscules points lumineux dans le froid grandissant.

Mustapha sentit le poids des années s'alléger juste assez pour qu'une seule pensée perce le brouillard : peut-être que la beauté qu'il recherchait avait toujours été là, attendant dans les coins tranquilles et les moments chuchotés qu'il avait été trop prudent pour remarquer. Son appareil photo, posé en silence sur la table, lui semblait moins un outil de jugement qu'un pont vers lui-même. Il tendit la main vers lui, les doigts tremblants, et le souleva.

L'obturateur cliqua doucement, capturant non pas une mise en scène ou une pose, mais la poésie fragile des choses simples : la lueur chaleureuse des bougies contre les fenêtres givrées, le souffle de deux personnes partageant un silence éloquent. Brigitte l'observait alors, une compréhension tacite passant entre eux.

« Vous recommencez à regarder », murmura-t-elle.

Il y avait de l'espoir dans sa voix, non pas pour de grands gestes ou des rêves ambitieux, mais pour des moments comme celui-ci : petits, calmes et réels. Mustapha acquiesça, sentant le poids sur sa poitrine s'alléger suffisamment pour laisser une confiance timide s'installer. Dehors, la neige s'intensifiait, une lente dérive qui recouvrait le monde d'un manteau de silence.

Annecy lui offrait une seconde chance : celle de trouver la beauté non seulement à travers l'objectif, mais encore dans son propre cœur endurci. Il baissa l'appareil photo et croisa son regard, la vulnérabilité soigneusement dissimulée dans ses yeux, mais indéniable.

« Peut-être ai-je oublié comment voir », dit-il. « Peut-être avais-je besoin de venir ici, dans ce silence, pour me rappeler pourquoi je suis tombé amoureux du monde. »

Pour la première fois depuis longtemps, il ne se protégea pas de l'espoir. Et même si l'avenir était incertain, le fragile sursaut de l'éveil était indéniable, un doux dégel au milieu de l'étreinte de l'hiver.

En fin d'après-midi, la neige s'était calmée, recouvrant les rues d'Annecy et transformant la ville en une cathédrale blanche et silencieuse. L'air était vif, imprégné d'un léger parfum de pin et de neige fondante, et chaque respiration semblait être une promesse fragile. Brigitte se tenait derrière le comptoir de La Vie Douce, les mains couvertes de farine provenant d'une fournée de pain, mais son esprit était ailleurs.

Elle regarda la fenêtre dont la vitre s'embuait doucement à mesure que la lumière hivernale déclinait, sentant le poids des mots non dits peser sur sa poitrine. Parfois, pensait-elle, le silence entre deux personnes pouvait être plus éloquent que n'importe quel langage, surtout dans les moments où les émotions affleuraient à la surface. Mustapha venait d'arriver de la salle à manger, un appareil photo en ban-doulière, le visage ombragé par la faible lueur des bougies.

Le léger clic de l'obturateur brisa le silence et il s'arrêta, la regardant avec un regard à la fois admiratif et réservé. Ses yeux sombres et contemplatifs semblaient souvent voir au-delà de la surface, percevant le tumulte qui se cachait en dessous. Sans un mot, il posa doucement son appareil photo et s'approcha, suffisamment près pour qu'elle sente la chaleur de sa présence.

Pendant un instant, ils se contentèrent de se regarder, reconnaissant leur vulnérabilité mutuelle. La voix de Brigitte était douce, presque hésitante.

« Vous n'êtes pas du genre à parler, n'est-ce pas ? »

Il haussa les épaules, un léger sourire effleurant ses lèvres.

« Parfois, les mots sont de trop », répondit-il doucement, d'une voix douce, mais dénuée de toute prétention. Le silence s'installa entre eux, chargé de craintes inavouées et d'espoirs timides.

Dans cette immobilité, Brigitte sentit son cœur ralentir et ses nerfs se détendre, comme la neige fondant lentement sur une branche au printemps. Elle se souvint d'une époque où les mots lui avaient fait défaut, où les larmes, les mots, même les rires, semblaient trop fragiles pour être partagés. À présent, en cette nuit d'hiver fragile, elle se demandait si ces moments de silence ne recelaient pas plus de vérité que toutes les conversations qu'elle avait jamais eues.

L'expression de Mustapha s'adoucit et, d'un geste tendre, il lui tendit la main, lui offrant un signe de confiance qui n'avait pas besoin de mots pour être compris. Elle hésita, puis tendit la main, sentant le léger tremblement du bout de ses doigts lorsque leurs paumes se rencontrèrent ; un simple contact qui en disait plus long que n'importe quel mot. Leurs doigts s'attardèrent, l'air entre eux chargé d'un mélange complexe de désir et de retenue.

L'esprit de Brigitte s'emballa, rempli de souvenirs de tentatives passées pour cacher sa vulnérabilité derrière des routines et des habitudes. Mais ici, dans cet échange silencieux, ils trouvèrent quelque chose de plus honnête. Alors que la neige continuait de tomber dehors, étouffant le monde, à l'intérieur de cette auberge confortable, le silence devint leur langage. C'était dans le léger resserrement de la poigne de Mustapha, dans le doux soupir qu'elle laissa échapper et dans la compréhension tacite qui s'était finalement installée entre eux.

Lorsqu'il lâcha enfin sa main, aucun des deux ne détourna le regard, car tous deux savaient que ce qui venait de commencer était bien plus qu'un simple moment fugace. C'était une promesse, un pas timide vers une vulnérabilité que ni l'un ni l'autre n'osait exprimer, mais qu'ils ressentaient pleinement. Dehors, le vent soufflait en murmures, mais à l'intérieur, le silence en disait long, révélant des vérités cachées sous des couches de doute et de défensive.

La voix de Brigitte rompit le silence, à peine plus forte qu'un murmure.

« Parfois, je pense que les mots que nous avons peur de dire sont les plus puissants de tous », avoua-t-elle doucement.

Mustapha acquiesça, une lueur de tendresse passant sur son visage.

« Et parfois, murmura-t-il, le silence porte le poids de tout ce que nous avons trop peur d'admettre. »

Leurs regards se croisèrent à nouveau, une réaffirmation silencieuse ancrant la fragile confiance qui avait tranquillement pris racine. À cet instant, un seul flocon de neige tomba, atterrissant doucement sur la vitre, comme pour sceller leur vœu silencieux.

Aucun des deux n'avait besoin d'en dire davantage, car dans cette vulnérabilité partagée, ils comprenaient les peurs et les espoirs de l'autre, ainsi que l'ouverture progressive de quelque chose qui attendait depuis longtemps d'être exprimé dans le langage du silence et de la confiance. La nuit d'hiver s'étirait, mais dans leur monde tranquille, un nouveau chapitre venait de s'ouvrir. Un chapitre où les mots suivraient un jour, mais pour l'instant, le silence les enveloppait, plus fort que n'importe quelle déclaration.

6

Le charme saisonnier

Le bruit doux et étouffé des flocons de neige tombant sur les pavés donnait l'impression que le monde était enveloppé de silence, comme si l'hiver retenait son souffle, attendant quelque chose. Brigitte se tenait sur le balcon de La Vie Douce, contemplant l'étendue scintillante d'Annecy en contrebas. Chaque flocon qui virevoltait dans les airs apportait une fraîcheur légère, rappelant l'étreinte glaciale de l'hiver. Et pourtant, il y avait quelque chose de beau dans cette immobilité.

La neige, pure et blanche, semblait promettre un nouveau départ. Elle inspira profondément, absorbant l'air vif et froid qui sentait légèrement le pin et la fumée de bois, et sentit que le changement n'était pas seulement à venir, mais qu'il se produisait en elle.

« Il y a un certain charme dans l'étreinte de l'hiver, n'est-ce pas ? »

La voix de Mustapha la tira de sa rêverie, malgré le froid qui les entourait, sa présence était chaleureuse. Il se tenait à quelques pas derrière elle, sa présence stable et rassurante. Ensemble, ils regardèrent les flocons de neige tourbillonner, tels de petits trésors dispersés par le ciel.

Brigitte se retourna et ses yeux rencontrèrent ceux de Mustapha. Pendant un instant, le monde disparut.

« C'est comme si chaque flocon renfermait un souvenir », murmura-t-elle, son esprit vagabondant vers les joies et les peines cachées dans son cœur. « Une occasion de réfléchir et de lâcher prise. » Elle fit une pause, ses pensées remontant les couches de son passé. « Je pense souvent à la façon dont la neige peut tout recouvrir, dissimulant les imperfections jusqu'à ce que le printemps les révèle à nouveau.»

Sa voix était teintée de vulnérabilité, une pointe d'anxiété traversait son visage.

Mustapha fit un pas vers elle, une étincelle de compréhension illuminant l'espace entre eux.

« Parfois, ce sont les hivers les plus rigoureux qui nous enseignent le plus », répondit-il, le regard intense. « La glace qui nous lie peut aussi nous empêcher de ressentir quoi que ce soit. Mais, en dessous, une beauté attend de se libérer. »

Ses mots restèrent suspendus dans l'air froid, chargés d'une tension née d'expériences communes : tous deux étaient marqués par des cicatrices, mais aspiraient à la chaleur. Brigitte sentit son cœur s'emballer en réponse à la connexion tacite qui s'était établie entre eux.

« Je me demande si les couches de glace que nous portons peuvent aussi être éliminées comme ces flocons de neige », commença-t-elle avec hésitation.

Elle reporta son attention sur le paysage hivernal, se sentant à la fois distincte et connectée à ce qui l'entourait, reflet de son combat intérieur. Le silence pesant de la saison amplifiait ses sentiments, chaque flocon reflétant des fragments de son histoire.

« La neige est un beau mensonge », dit-il doucement, comme s'il contemplait l'essence même de leur réalité. « Elle cache la vérité qui se trouve en dessous. Et pourtant, elle peut aussi créer quelque chose de nouveau. »

Ses lèvres esquissèrent un doux sourire qui effaça la distance entre eux, les ancrant tous deux dans l'instant présent. Ses défenses, qu'il avait maintenues si fermement, commencèrent à fondre avec cette simple confession.

« N'est-il pas étrange que l'hiver puisse être si froid et pourtant si intensément vivant ? » répondit Brigitte, sentant une chaleur monter en elle et allumer des étincelles d'espoir. « C'est comme si la terre était endormie, mais qu'elle continuait de rêver. Peut-être pouvons-nous être comme la neige. » Elle réalisa que cette pensée courageuse avait échappé à ses lèvres avant qu'elle ne puisse la réprimer. « Embrasser le renouveau au milieu du silence. »

À chaque instant, Mustapha sentait les couches de glace en lui se fissurer et s'effriter.

« On dirait que vous parlez à partir d'une

expérience », sonda-t-il, désireux d'en savoir davantage sur ses pensées, son cœur. « De quoi rêvez-vous ? »

Le courage de Brigitte vacilla un instant.

Sa question avait du poids, un besoin de vulnérabilité qui l'effrayait et la revigorait en même temps.

« Être vue », murmura-t-elle, se sentant exposée sur ce balcon glacial. « Permettre à quelqu'un de voir qui je suis vraiment, au-delà de la chaleur que je montre aux autres. »

Mustapha répondit rapidement, tranchant l'air hivernal de sa voix résonnante.

« Alors laissez-moi être celui qui vous voit ». Ses yeux l'invitèrent, fermes et inébranlables. « Ensemble, nous pouvons traverser le froid et trouver la chaleur. »

Son sérieux lui coupa le souffle. Alors que leurs haleines se mêlaient dans l'air glacial, le cœur de Brigitte battait la chamade, une symphonie d'espoir jouée au rythme du doux bruit de la neige qui tombait. Elle le regarda dans les yeux et ressentit un désir intense de se défaire du poids de son passé.

« Je veux croire que nous pouvons tous deux trouver la transformation dans cet hiver », répondit-elle, son sourire incertain laissant entrevoir la possibilité du changement.

Le monde qui les entourait semblait chargé de potentiel, la neige témoignant de leur échange. À chaque flocon qui tombait, Brigitte sentait une force monter en elle, un besoin primitif d'embrasser l'inconnu.

Tous deux se trouvaient à l'aube d'un événement important, osant croire qu'ils pouvaient affronter leurs peurs, à l'image de la neige qui fond pour révéler un nouvel espoir. Mais, à ce moment précis, le téléphone de Mustapha vibra dans sa poche, brisant l'instant comme un glaçon acéré. Leur connexion resta suspendue dans l'air, électrique, mais fragile, tandis qu'il cherchait son téléphone, la chaleur de leurs sentiments partagés soudain éclipsée par l'intrusion de la réalité.

« C'est mon assistante », dit-il, la voix tendue, accablé par le poids des engagements tacites. « Je dois répondre. »

Une vague de déception envahit Brigitte, son cœur se serra.

Elle lutta contre l'envie d'exprimer sa frustration et de protester contre les obstacles auxquels ils étaient tous deux confrontés. Au lieu de cela, elle acquiesça, le cœur lourd, mais indéniablement vivant, malgré le froid qui les entourait. L'hiver avait transformé Annecy en un lieu enchanteur, recouvert d'une couverture blanche qui enveloppait leurs espoirs, mais Brigitte pouvait encore sentir la chaleur des liens qui se tissaient en dessous.

Elle le regarda s'éloigner, la poitrine serrée

par l'incertitude, tandis que la neige restait indifférente aux cœurs qui battaient. Chaque flocon tombant, chaque instant passant, promettait le renouveau tout en murmurant les fardeaux à venir.

Le froid de l'hiver s'insinuait silencieusement à travers les interstices des vieux cadres de fenêtres en bois de La Vie Douce, apportant avec lui l'odeur légère du pin et du bois brûlé. Brigitte se tenait près de la cheminée, les mains enroulées autour d'une tasse de thé à la camomille fumante, aspirant cette chaleur familière comme si elle pouvait faire fondre le froid qui s'était installé dans sa poitrine. Dehors, les canaux gelés murmuraient sous le doux frottement des patins qui passaient juste assez loin pour n'être qu'un murmure dans le vaste silence blanc.

Les cloches de l'église, lointaines, sonnaient de manière irrégulière, un écho solitaire qui semblait battre au rythme lent du cœur de la ville endormie. Chaque son, chaque parfum s'entremêlait harmonieusement au crépitement feutré du feu, tissant un cocon de tranquillité autour de ses pensées agitées. Mustapha se glissa dans la pièce d'un pas prudent, le claquement de ses bottes sur le parquet à peine plus fort qu'un souffle.

Il s'arrêta près de la fenêtre, effleurant du bout des doigts le verre givré, traçant des motifs glacés laissés par le froid de la nuit. Son regard se posa à l'extérieur, attiré par le scintillement discret de la neige qui se déposait sur les tuiles du toit et sur le lac gelé au-delà. La faible odeur de fumée de bois qui s'échappait de la cheminée se mêlait à la douce odeur du pain en train de cuire, parfumant l'air d'une odeur terreuse qui contrastait avec le paysage hivernal austère.

« Ça sent comme un souvenir », murmura-t-il, d'une voix suffisamment basse pour ne pas briser l'ambiance, tandis que Brigitte bougeait, le regardant avec curiosité. Les doigts de Brigitte se crispèrent inconsciemment autour de la tasse chaude.

« Les souvenirs peuvent être réconfortants ou lourds », murmura-t-elle, sa voix presque perdue dans le silence. « Comme l'odeur du pain qui cuit qui me rappelle la cuisine de Mémé, mais parfois, c'est le poids qui reste avec vous, n'est-ce pas ? »

Leurs regards se croisèrent dans la pénombre et il y eut un éclat de quelque chose de non dit entre eux, le murmure d'une solitude partagée suspendu dans l'air. La pièce semblait se contracter et respirer avec eux.

Le feu crépitait doucement, projetant des ombres mouvantes qui dansaient sur les poutres usées et le papier peint défraîchi. Dehors, le vent soulevait la neige meuble, un murmure délicat qui raclait la vitre, comme si le froid lui-même tentait de s'immiscer dans la chaleur fragile de l'intérieur. La main de Mustapha resta un moment près de la fenêtre givrée, comme aspirée par quelque chose de tangible, de solide, dans ce monde de gris et de murmures.

La fraîcheur lisse du verre paraissait être une échappatoire ironique au froid intérieur, froid et inflexible, mais qui façonnait le moment comme l'hiver qu'il reflétait.

« Vous cherchez quelque chose », dit Brigitte doucement, s'approchant pour que son souffle réchauffe l'air entre eux. « Peut-être une chaleur que vous ne trouvez pas dehors. »

Sa main effleura le bord de la table, le bois rugueux l'ancrant au sol. L'odeur de cannelle et de clous de girofle de la tarte aux pommes épicée qui refroidissait à proximité emplissait la pièce, petite flamme tenace de douceur contre le gel environnant. Les yeux de Mustapha se posèrent d'abord sur la tarte, puis revinrent vers elle, détectant les traces d'espoir amère cachées sous son apparence imperturbable.

Dehors, une soudaine rupture dans le silence glacial les fit sursauter tous les deux : le craquement sec de la glace qui se brisait quelque part sur le canal, un son si net et inattendu qu'il rompit le silence. Pendant un instant, le monde sembla retenir son souffle, pris entre la paix fragile à l'intérieur et la dure réalité derrière la vitre. La chaleur dans la pièce sembla soudain précaire, en équilibre sur le fil du rasoir.

« Je n'ai pas touché à mon appareil photo depuis des mois », avoua-t-il d'une voix à peine plus forte que le crépitement du feu. Il baissa les yeux et traça lentement un cercle sur la condensation qui s'accrochait à la vitre. « C'est comme si l'hiver me l'avait enlevé, ne me laissant que le silence. »

Cette confession resta suspendue dans l'air, brute et vulnérable, comme un gouffre entre l'art qui était autrefois sa raison de vivre et le silence lugubre qui remplissait désormais ses journées. Brigitte tendit la main et effleura légèrement son poignet, d'un geste hésitant, mais sincère. Le contact de sa peau contre la sienne, glacée, provoqua une onde de choc dans le silence, un frémissement de connexion que ni l'un ni l'autre n'avait recherché, mais dont ils avaient tous deux besoin.

« Parfois, le silence n'est pas vide », murmura-t-elle. « Parfois, il attend, la bonne lumière, le bon moment ou la bonne personne. »

Le bruit des flocons de neige qui se déposaient sur le toit se transforma en un crépitement plus doux à mesure que la nuit s'approfondissait ; un rythme apaisant qui les invitait tous deux à entrer dans l'intimité tranquille d'un silence partagé.

Dehors, le monde était prisonnier du gel et de l'ombre, mais à l'intérieur, les odeurs, les sons et les contacts s'entremêlaient, liant deux âmes solitaires dans la douce chaleur du possible.

Le sol craquait doucement sous les bottes de Brigitte qui sortait à l'aube. Une couverture de neige étouffait le monde dans un silence presque sacré, semblable à la première page d'un livre familier que l'on ouvre à nouveau. Elle s'arrêta, son souffle givrant dans l'air vif, et ses yeux suivirent la délicate dentelle de givre qui s'accrochait aux vitres de La Vie Douce.

Chaque scintillement blanc semblait murmurer des secrets de renouveau, une promesse silencieuse que, sous le silence, se cachait le potentiel du changement. La neige, dans son calme pur et inflexible, symbolisait la façon dont les couches d'un extérieur froid pouvaient dissimuler une réserve de force et une résilience profondément enfouies. Elle effleura du bout des doigts une balustrade voisine, sentant la fine couche de givre, et songea à la manière dont, à l'image du paysage qui l'entourait, son propre cœur s'était recouvert de givre, mais qu'il suffisait d'une douce chaleur pour faire fondre la glace et révéler ce qui avait toujours été là : un espoir doux et persistant.

Pendant ce temps, Mustapha avançait délibérément dans les rues enneigées, son appareil photo en bandoulière. Le paysage blanc reflétait la lumière pâle et diffuse de l'hiver, plongeant tout dans des teintes dorées et argentées qui semblaient vibrer d'une grâce tranquille. Dans le calme glacial, il voyait plus qu'un simple paysage serein ; il voyait une métaphore de son armure émotionnelle, ces couches épaisses et protectrices qu'il avait construites au fil des années d'exposition incessante aux éloges superficiels, aux succès vides de sens et aux chagrins d'amour.

La glace, se disait-il, peut se fissurer ou préserver, selon la pression exercée. À Annecy, il se demandait si le calme de l'hiver pourrait commencer à fissurer les murs à l'intérieur de lui, couche après couche, pour révéler une beauté plus authentique et plus fragile. Son regard se posait sur un étang gelé dont la surface vitrée et intacte semblait lui lancer un défi : affronter ce qui se trouvait en dessous, figé dans le temps, mais aspirant à fondre.

La voix intérieure de Brigitte résonnait alors qu'elle observait son reflet dans le miroir recouvert de givre au-dessus de la cheminée de l'auberge, ses doigts traçant des motifs dans la condensation qui s'infiltrait dans le verre. La neige et la glace avaient toujours représenté une pause, un moment de calme avant la transformation, une acceptation silencieuse du changement. Elle avait appris depuis longtemps que le froid abritait la résilience, un miroir de sa propre persévérance tranquille.

Alors qu'elle lissait une serviette chaude sur du pain fraîchement cuit, ses pensées dérivèrent vers les traditions transmises par sa grand-mère : comment le calme de l'hiver invitait à la réflexion, un moment pour rassembler ses forces durant les jours les plus courts. Elle se demandait si cet hiver serait celui où elle lâcherait enfin prise sur le passé, où elle laisserait fondre doucement ses peurs gelées, comme du miel coulant d'un pot réchauffé au soleil : la peur de la vulnérabilité, la peur de perdre le contrôle. À mesure que la journée avançait et que le soleil disparaissait derrière les montagnes lointaines, le paysage se transformait en un tableau lumineux de bleus glacés et de blancs scintillants.

À chaque pas, la puissance silencieuse de la transformation résonnait, rappelant que même dans les moments les plus froids, la vie persistait de manière subtile et tacite. Pour Mustapha, chaque photographie semblait chargée de significations cachées ; pour Brigitte, chaque rituel dans son auberge était un acte silencieux de résilience. Le froid avait le don de révéler ce qui ne pouvait être vu dans la chaleur : la vulnérabilité cachée sous des couches, la force masquée par le stoïcisme.

La neige n'était pas seulement un décor ; elle était devenue le reflet de leur propre parcours. Alors que le crépuscule tombait, projetant de longues ombres sur les canaux gelés d'Annecy, ils sentirent tous deux un murmure de changement les tirer vers eux, les incitant à grandir dans le silence. Leurs mondes silencieux se rapprochaient, chaque touche d'hiver laissant entrevoir la possibilité de quelque chose à découvrir, comme si le froid qui maintenait tout en place pouvait un jour céder à la chaleur d'un espoir inattendu.

7

Les liens qui se tissent

Ce jour-là, à Annecy, recouverte d'un manteau blanc qui plongeait le monde dans un silence serein, la journée avait commencé comme tant d'autres. Mustapha El-Maani sortit de La Vie Douce, son souffle formant de légers nuages de vapeur dans l'air glacial. Les flocons de neige tourbillonnaient autour de lui, chaque petit joyau unique lui rappelant la beauté qu'il avait autrefois chérie, mais qu'il avait désormais du mal à voir.

Il serra son écharpe autour de son cou et jeta un coup d'œil aux canaux gelés, aux arbres chargés de neige qui se dressaient comme des sentinelles stoïques, l'incitant à capturer leur majesté silencieuse. Son appareil photo sous le bras, il parcourut les rues pavées, sans prêter attention aux rires étouffés et à la chaleur qui émanaient des cafés voisins. Le cœur de Mustapha était comme une pierre, alourdi par le poids de ses rêves inassouvis et par le fantôme d'un engagement passé qui le hantait encore comme une bénédiction qui aurait mal tourné.

Pourtant, aujourd'hui était différent. Il y avait une promesse tacite dans l'air vif, l'idée que le réconfort pouvait peut-être se trouver dans les plus petites choses. Alors qu'il s'enfonçait dans le cœur de la ville, une rafale de vent puissante tourbillonna, tirant joyeusement sur son manteau et faisant virevolter les flocons de neige dans une danse frénétique.

C'est à ce moment-là, au milieu de la tempête, qu'il entra en collision avec elle. Brigitte Moreau, emmitouflée dans plusieurs couches de tricot doux et de laine chaude, apparut soudain, les joues rougies par le froid, ce qui lui donnait une chaleur inattendue. Tel un feu de cheminée ou une pâtisserie au miel, elle se tenait là, les yeux écarquillés et troublés, incarnant le cœur même de l'hiver.

« Je suis désolée », balbutia-t-elle en époussetant la neige de ses épaules, les yeux levés vers lui. Sa voix, telle une brise chaude, l'enveloppa et fit fondre brièvement la façade glaciale qu'il affichait. « Je ne vous avais pas vu. »

Mustapha recula, le pouls accéléré.

« J'étais perdu dans mes pensées. »

Son ton était sec, une habitude prise à force de rencontres décevantes.

Il détestait la douceur que lui procurait la chaleur de son regard, un étrange frisson lui parcourant l'échine malgré le froid. Il baissa les yeux pour se ressaisir et sentit flotter dans l'air autour d'elle un parfum de cannelle et de fleurs.

« J'ai peut-être réfléchi un peu trop profondément », le taquina-t-elle, avec une intonation enjouée, les yeux pétillants d'une lueur complice.

Son sourire était large et sans complexe, comme si elle venait de découvrir un secret sacré par hasard. Ce sourire était désarmant, l'incitant à s'interroger sur la douceur qui se cachait derrière son expression, sur cette âme si désireuse de tendre la main au milieu du paysage glacial qui les entourait.

« On peut dire ça », murmura-t-il, luttant contre sa réserve habituelle. Elle repoussa une mèche de cheveux qui s'était échappée de son écharpe en laine, son rire était léger et engageant, mais il ressentit immédiatement le besoin de se protéger de son charme. « J'essaie simplement de... Je voulais prendre quelques photos du paysage. »

Cette confession lui semblait étrangère, douloureusement honnête.

« Alors, vous êtes au bon endroit », dit Brigitte, les yeux brillants d'enthousiasme. « Annecy, surtout en hiver, prend vie d'une manière tout à fait différente. La neige transforme tout. »

Sa passion était palpable et Mustapha se laissa prendre dans la chaleur de sa présence plus longtemps qu'il ne l'avait prévu.

« Je cherche... » Mustapha hésita, le poids de sa vulnérabilité l'étouffant. « La beauté dans le silence, je suppose. »

Il entendit l'incertitude dans sa propre voix et

la détestait. Pourtant, ils étaient là, debout, au milieu des flocons de neige qui semblaient être les témoins de chacun de leurs mots.

Brigitte chercha une réponse sur son visage, son souffle se mêlant au givre.

« Alors, tu as choisi le moment idéal, n'est-ce pas ? Le monde autour de nous ralentit. Tout se calme. »

Ses mots avaient du poids ; ils semblaient révéler une partie de son propre cœur. À cet instant, un flocon de neige vint se poser sur sa joue, qu'elle essuya d'un geste distrait. « Profitons de cet instant », suggéra-t-elle en s'approchant, le regard fixe. « Ici, comme ça. »

Pris au dépourvu, Mustapha leva son appareil photo et s'approcha instinctivement, attiré par une force qu'il ne pouvait expliquer.

Le monde autour d'eux s'estompa tandis qu'il la photographiait, capturant la manière délicate dont la lumière jouait sur la neige, les ombres encadrant leur instant. Mais, en une fraction de seconde, quelque chose de plus profond émergea : un lien tacite se forma dans le silence hivernal.

« Vous avez quelque chose de spécial quand vous regardez le monde de cette façon », murmura Brigitte, avec une lueur de révérence entre eux.

Sa sincérité toucha une corde au plus profond de lui, lui rappelant la chaleur dont il avait besoin, mais qu'il avait enfouie sous des couches de déni. Alors qu'il baissait son appareil photo, leurs regards se croisèrent, chaque instant s'étirant avec une tension indéfinissable. La beauté enneigée d'Annecy les entourait comme un cocon, créant une bulle fragile où des émotions sans défense commençaient à scintiller sous la surface.

Au moment où il s'apprêtait à exprimer une pensée, un écho de rire brisa le charme. Un groupe d'enfants aux voix joyeuses et insouciantes passa en courant, heurtant la neige et brisant le silence qui les entourait. Brigitte recula, son sourire persistant comme un secret, tandis que le cœur de Mustapha s'emballa, une prise de conscience naissante l'envahissant : peut-être, juste peut-être, cette rencontre fortuite dans la neige était-elle plus qu'il n'y paraissait.

Les flocons de neige flottaient paresseusement derrière les vitres givrées de La Vie Douce, transformant le monde extérieur en un doux flou blanc. À l'intérieur, l'odeur de la cannelle et du pain fraîchement cuit embaumait l'air, créant un contraste réconfortant avec le froid vif qui régnait à l'extérieur. Mustapha se tenait près de la cheminée, ajustant l'appareil photo sur son trépied ; son souffle formait de petits nuages lorsque la chaleur du feu rencontrait l'air froid de l'hiver qui s'infiltrait par la vieille porte en bois.

Brigitte, les mains couvertes de farine, essuya celles-ci sur son tablier et leva les yeux du comptoir avec un sourire complice.

« Tu tripotes cet appareil comme s'il te devait de l'argent. »

Il ne la regarda pas, mais laissa un coin de ses lèvres se retrousser.

« Cela fait longtemps que je ne fais plus confiance à mon appareil photo pour faire autre chose que capturer des visages dans l'agitation de la ville. » Sa voix, basse, se frayait un chemin à travers le bourdonnement tranquille de l'auberge. « Ici, je veux voir la lumière différemment, plus librement. »

Brigitte s'approcha de lui, effleurant brièvement son bras au passage, comme une douce ancre dans la pièce.

« Alors faites de cet endroit votre studio. L'auberge change au fil des saisons, tout comme vous faites avec votre objectif. Peut-être cela vous incitera-t-il à revenir. » Ses yeux reflétaient une chaleur constante, celle qui adoucit les angles et fait sortir les secrets de leur cachette. « Que diriez-vous d'un projet ? Nous montrerons plus que le froid de l'hiver. Je veux raconter l'histoire de cette auberge, sa vie, son cœur. »

Mustapha leva les yeux et croisa son regard, une lueur d'intérêt dans les yeux.

« Une histoire racontée à travers des images. Cela semble... difficile. » Il inspira profondément, se laissant envelopper par les arômes mêlés de fumée de bois et de vanille. « Je suis rouillé en matière de narration. »

« Considérez cela comme de la peinture avec la lumière. » Les mains de Brigitte bougeaient de manière expressive, comme pour encadrer l'espace entre eux. « Nous travaillerons ensemble. Vous capturerez les moments calmes : la façon dont le brouillard matinal s'installe sur le canal, les rires qui résonnent derrière ces murs, les petits rituels qui font de cette maison un foyer. » Elle prit un cahier sur le comptoir dont la couverture était usée par des années d'utilisation. « Je prends des notes, parfois des pensées griffonnées, des recettes, voire de petits rêves éveillés. Vous pouvez les emprunter. »

Ce soir-là, dans le petit salon dont le papier peint défraîchi racontait des histoires presque aussi anciennes que la ville elle-même, ils étalèrent son journal et son matériel photographique.

La lumière vacillante des bougies projetait des ombres douces sur leurs visages, créant une atmosphère intime et surréaliste.

Mustapha feuilleta les pages fines, lisant les observations attentives de Brigitte : la patience d'un boulanger, la générosité discrète d'un hôte, la manière subtile dont les gens s'accrochent à l'espoir dans le froid.

« Vous voyez le monde en couches », murmura Mustapha, plus à lui-même qu'à elle. « Je cherchais quelque chose comme ça : la profondeur sous la surface. »

Le sourire de Brigitte vacilla un instant, touchée par la tendresse et la vulnérabilité qui transparaissaient dans sa voix.

« Annecy nous enseigne cela », dit-elle doucement. « Tout ce que l'hiver cache fleurira en son temps. »

Les jours se transformèrent en semaines, la neige recouvrant les rues pavées d'une épaisse couette, tandis qu'à l'intérieur de l'auberge, la lumière et les ombres dansaient sur la collection de photographies de Mustapha. Il capturait la courbe adoucie des meringues fraîchement dressées, les mains assurées pétrissant la pâte, les flammes vacillantes sous le poêle en fonte.

Parfois, lorsque Brigitte apportait du thé chaud depuis la cuisine, ils échangeaient des regards discrets, tissant un lien fragile entre eux à chaque instant silencieux.

Un après-midi, alors qu'il ajustait un objectif pointé vers la fenêtre de l'auberge, Mustapha remarqua Brigitte, immobile, près de la porte. Son souffle formait une brume pâle contre la vitre, son regard était distant et quelque chose de tacite flottait dans l'air.

« Vous êtes-vous déjà demandé ce que cela fait de vraiment laisser le passé derrière soi ? » demanda-t-elle sans se retourner. De se lancer dans une nouvelle histoire ? »

Mustapha baissa lentement son appareil photo ; le poids de sa question s'installa autour de lui, comme le silence dans une église.

« J'espère que oui, admit-il. Mais lâcher prise, c'est plus difficile que de capturer une lumière parfaite. »

Brigitte acquiesça, s'approchant jusqu'à ce que leurs ombres se confondent sur le parquet.

« Peut-être que les histoires que nous créons ensemble peuvent y contribuer. Pas seulement à travers des photos ou des recettes, mais aussi à travers les moments que nous partageons entre les deux : le calme, les rires, les erreurs. »

Sa voix était douce, mais résolue, et portait la faible lueur d'espoir que l'auberge avait nourrie pendant des années.

Le feu crépitait, envoyant des étincelles dans la cheminée, comme pour refléter la chaleur timide qui grandissait entre eux. La main de Mustapha flottait près de la sienne, suspendue dans l'espace fragile, avant le contact, avant la confession. Dehors, la neige recommençait à tomber, susurrant des promesses de changement sous le ciel hivernal.

Tôt le matin, l'air était encore si chargé de neige qu'il semblait étouffer le murmure discret du réveil d'Annecy. Derrière le comptoir de La Vie Douce, Brigitte observait Mustapha qui regardait par la fenêtre givrée, son appareil photo pendu autour du cou. Sans un mot, il tendit la main et appuya doucement ses doigts contre la vitre, traçant un motif sur le givre.

Il y eut une pause, un silence qui n'était pas vide, mais rempli de pensées tacites, une connexion silencieuse qui n'avait pas besoin de mots pour s'exprimer. Brigitte pouvait le sentir : ce changement subtil qui survient lorsque la confiance s'approfondit, celle qui naît de moments partagés qui n'ont pas besoin d'explications. Son sourire était à la fois doux et complice, et pendant une fraction de seconde, elle se demanda s'il le ressentait aussi, ce langage délicat du silence qui les unissait.

Plus tard, sous le soleil de midi qui inondait les petites fenêtres givrées du café, leurs rires s'envolèrent comme de douces étincelles.

Mustapha avait apporté son appareil photo à l'auberge et montrait à Brigitte des photos de Paris, chacune étant un instantané de scènes urbaines trépidantes, en contraste flagrant avec le calme d'Annecy. Elle le taquina à propos de son obsession pour la lumière et les ombres, lui donnant un petit coup de coude amical.

Ses yeux se plissèrent avec une chaleur rare et sans réserve.

« Vous voyez la beauté, même dans les plus petits détails, dit-elle doucement : la façon dont la neige s'accroche à une branche ou dont une ombre tombe sur une rue déserte. »

Il y eut un moment de silence après ces paroles, remplacé par une compréhension tranquille qui rendait l'atmosphère légère : une confiance enracinée non seulement dans des goûts communs, mais également dans une vulnérabilité mutuelle.

Le rire jaillit à nouveau, facile et sincère, et pendant un instant, rien d'autre ne comptait que la chaleur de cette confiance partagée et tacite. Au crépuscule, la neige dehors se transforma en scintillement glacé et la lumière vacillante des bougies de l'auberge projetait de douces ombres sur leurs visages. Brigitte versa du thé chaud, ses doigts effleurant ceux de Mustapha lorsqu'elle lui tendit la tasse.

Ils s'assirent face à face, remuant leurs boissons en silence, attendant chacun que l'autre rompe le silence. Lorsque Mustapha prit enfin la parole, sa voix était rauque :

« Parfois, je me dis que je me cache derrière mon appareil photo parce que j'ai peur que le moment s'envole et que je ne sache pas comment le retenir. »

Brigitte acquiesça, sa voix à peine plus forte qu'un murmure.

« C'est peut-être le silence qui nous apprend à écouter. À vraiment s'écouter l'un l'autre, sans se précipiter pour combler le vide. »

Leurs regards se croisèrent et, dans cette pause silencieuse, une compréhension s'épanouit : une confiance fragile que le silence et le rire pouvaient coexister, les rapprochant à chaque mot non dit.

Alors qu'ils échangeaient un sourire discret à la lueur vacillante des bougies, les murs qu'ils avaient érigés commencèrent lentement à se dissoudre, remplacés par la beauté simple d'une confiance mutuelle née de moments qui n'avaient pas besoin de mots pour s'inscrire dans la mémoire.

8
Conflits et obstacles

Mustapha se tenait au bord du canal gelé, son souffle visible comme des secrets chuchotés dans l'air vif d'Annecy. La ville, recouverte de neige, semblait à mille lieues du chaos de Paris qu'il avait laissé derrière lui. Chaque flocon qui tombait semblait délicatement peser sur sa peau, lui rappelant les couches qu'il avait construites pour se protéger.

Il y a quelques semaines à peine, il arpentait les rues animées, appareil photo à la main, mais il ne s'était jamais senti aussi éloigné de la réalité. L'objectif avait autrefois été son compagnon ; aujourd'hui, il était négligé, recouvert de poussière, témoin silencieux de ses peurs inavouées. Son mariage raté le hantait comme un spectre, planant au-delà des confins de son esprit.

« Ai-je jamais été digne d'amour ? » murmura-t-il, ses mots engloutis par le silence de ce matin glacial. Les échos des rires et des promesses qu'il avait autrefois partagés résonnaient dans ses souvenirs, en contraste frappant avec la solitude ambiante.

Il l'avait perdue au milieu du glamour et des paillettes, dans une relation fondée sur les apparences, jamais sur ce qui se cachait sous la surface. Aujourd'hui, l'idée d'ouvrir à nouveau son cœur lui semblait insurmontable ; chaque centimètre de vulnérabilité était un pas périlleux. En se détournant du canal, le regard de Mustapha se posa sur La Vie Douce, l'auberge qui lui servait désormais de refuge.

La lueur chaleureuse des bougies qui se répandait par les fenêtres l'attirait comme un papillon de nuit vers une flamme. Mais derrière cette chaleur se cachait une peur inébranlable du rejet, la conviction que toute relation avec quelqu'un mènerait inévitablement à la déception. Il pouvait presque entendre la voix de Claire, son assistante à Paris, lui rappeler qu'il ne pouvait pas se cacher éternellement derrière son appareil photo.

Mais que se passerait-il s'il laissait quelqu'un entrer dans sa vie pour découvrir ensuite que cette personne était aussi éphémère que la neige qui fond au contact de la chaleur ?

Au moment où Brigitte ouvrit la lourde porte de l'auberge, sa silhouette se détachant dans la douce lumière, il ressentit un élan de nostalgie inattendu. Elle se déplaçait avec une grâce qui semblait défier le froid extérieur, son rire scintillant comme des glaçons brillant au soleil.

« Entrez, vous allez geler. Que faites-vous dehors ? » demanda-t-elle d'un ton léger, mais empreint d'une réelle inquiétude.

Sa poitrine se serra, une réaction réflexe à la chaleur qui émanait d'elle, à la fois invitante et terrifiante. Il franchit le seuil et pénétra dans un univers baigné de couleurs chaudes et d'odeurs familières : pain frais, fumée de bois et un parfum floral qu'il ne parvenait pas à identifier.

« Je voulais capturer la beauté de la lumière du matin », dit-il d'une voix calme, malgré le tumulte qui l'habitait.

Brigitte l'observa, les sourcils froncés, comme si elle pouvait voir directement dans les ténèbres de son âme.

« Vous capturerez plus que la lumière si vous vous autorisez à ressentir », répondit-elle, ses mots l'enveloppant comme une douce étreinte. Le feu crépitait de manière invitante dans un coin, sa lueur contrastant avec le paysage glacé à l'extérieur.

« Avez-vous parfois peur que cette saison se termine, Mustapha ? Que bientôt, toute cette beauté redevienne boue et grisaille ? »

Elle s'approcha, sa présence allumant quelque chose au plus profond de lui, une braise vacillante qui semblait souvent éteinte.

« Chaque saison a son utilité, Brigitte », répondit-il d'une voix plus douce qu'il ne l'aurait voulu. « Mais parfois, j'ai peur d'avoir perdu la capacité de ressentir les changements. »

Les yeux de Brigitte s'illuminèrent d'empathie lorsqu'elle recula d'un pas, laissant un espace entre eux.

Mais Mustapha pouvait encore sentir le lien tacite qui se formait entre eux, semblable à la couche de glace lisse qui relie temporairement la terre.

« Nous ne pouvons pas laisser la peur dicter nos choix. Vous avez un don, Mustapha. Il faut le montrer, c'est ce qu'on attend de vous », insista-t-elle, sa conviction se mêlant à l'air chaud qui tourbillonnait autour d'eux, comme une promesse inébranlable.

Alors que la chaleur de l'auberge s'infiltrait dans ses os, il sentit la dureté qui entourait son cœur commencer à faiblir, ne serait-ce qu'un peu. Des questions bouillonnaient en lui, libérées du froid extérieur. Serait-elle celle qui l'aiderait à se débarrasser de ses blessures? Ou bien retournerait-il à son existence froide et solitaire, se laissant dominer par la peur ? Le feu vacillant illuminait les ombres, révélant les subtilités de son trouble intérieur. Autrefois, l'amour lui semblait accessible ; aujourd'hui, il lui apparaissait comme un rêve lointain, enveloppé de givre.

Brigitte prit un moment pour réfléchir à sa réponse, puis jeta un coup d'œil par la fenêtre où la neige tombait comme de la poussière qui se déposait.

« Nous portons tous nos fardeaux, Mustapha, mais cela ne signifie pas que nous ne pouvons pas apprendre à nous en défaire graduellement. L'hiver nous enseigne la douceur, n'est-ce pas ? C'est dans ce calme tranquille que nous nous retrouvons. »

Sa voix résonna dans la pièce, empreinte d'une grâce qui fit battre son cœur.

Aurait-il le courage de se débarrasser de son armure émotionnelle ? Ou bien laisserait-il la peur le lier, une fois de plus, à la solitude ?

La lumière du petit matin filtrait à travers les vitres givrées, projetant des motifs pâles sur le sol en bois usé de La Vie Douce. Brigitte se tenait près de l'évier de la cuisine, les mains légèrement enroulées autour d'une tasse en céramique ébréchée, de la vapeur s'élevant comme les fantômes d'espoirs inexprimés. Dehors, le monde dormait encore sous une épaisse couette de neige qui étouffait le bruit habituel de la ville.

L'auberge, à la fois refuge et fardeau, respirait une familiarité tranquille qui vibrait sous sa peau. Pourtant, à l'intérieur, un froid différent murmurait : un doute glacial et tenace qui s'était installé dans son cœur comme l'hiver lui-même. Elle se souvenait de la dernière fois où elle s'était laissée aller à imaginer autre chose, de la lueur d'espoir qui s'était allumée dans sa poitrine lorsque Mustapha lui avait souri par-dessus le comptoir.

Ce fut si bref, si délicat, comme un murmure

perdu dans le hurlement du vent. Brigitte secoua légèrement la tête, comme pour rattraper une ombre qui lui échappait. « Mieux vaut être seule », se dit-elle, ce mantra à la fois bouclier et entrave.

La solitude était certes un compagnon pesant, mais plus sûr. Les gens changeaient, partaient, ou vous faisaient plus de mal que le silence vide ne pourrait jamais en faire. Elle l'avait appris à ses dépens, dans des moments enfouis profondément dans son passé, comme des journaux intimes non lus qui prenaient la poussière, des pages d'amour inachevées et des promesses brisées par l'absence.

L'odeur du pain fraîchement cuit, chaude et moelleuse, s'échappait du four et la ramenait dans la douce lueur de la pièce. La pâtisserie était son langage d'amour ; la façon dont elle s'occupait de l'auberge chaque jour était une prière silencieuse. Pourtant, peu importait le nombre de pains qu'elle sortait de leur lit chaud ou le nombre de clients qu'elle accueillait avec des sourires tremblants, la douleur de la solitude s'enfonçait toujours plus profondément.

« Je fais du feu pour les autres, murmura-t-elle, les yeux fixés sur le givre qui recouvrait la fenêtre, mais quand est-ce que je me réchauffe moi-même ? » Cette question était une blessure qu'elle balaya comme des cendres, mais elle persistait, vive et tenace. Plus tard, dans la faible lumière de sa petite chambre encombrée à l'étage, Brigitte sortit son journal.

La couverture en cuir craqua doucement lorsqu'elle l'ouvrit ; les pages étaient remplies de lettres qu'elle n'enverrait jamais, de mots destinés à un avenir incertain, à quelqu'un qui se trouvait juste hors de portée. Ce soir-là, elle écrivit ses rêves, mêlés de peur et d'un cœur meurtri par des années d'endurance solitaire. « Peut-être ne suis-je pas faite pour les déboires de l'amour », pouvait-on lire sur une ligne, l'encre ayant été maculée par un doigt agité.

Ces mots semblaient en même temps fragiles et vrais. Elle aspirait à croire en une connexion, à la chaleur que la présence de Mustapha laissait entrevoir, mais ces espoirs s'évanouissaient aussi vite qu'ils étaient apparus. Son téléphone vibra doucement sur la table de chevet.

Un message de Sophie, léger et taquin, l'incitait à saisir sa chance. Mais Brigitte y jeta à peine un coup d'œil avant de mettre l'écran en mode silencieux. Même l'insistance douce de Sophie pesait comme une pierre sur sa poitrine.

« Je ne veux pas risquer de m'effondrer à nouveau », murmura-t-elle en s'allongeant contre la couette usée, ses boucles emmêlées comme les pensées qui tourbillonnaient dans son esprit. Dehors, le vent du soir se levait, faisant claquer les branches et ébranlant sa détermination. Dans ces heures solitaires, avant que le sommeil ne l'emporte, elle luttait contre elle-même.

La douleur familière de vouloir, voire d'avoir besoin de quelqu'un, se heurtait à une certitude plus profonde et plus froide : elle était mieux seule. L'amour, pensait-elle, était un pari qu'elle ne pouvait plus se permettre. Il était plus facile de protéger les murs qu'elle avait construits avec soin au fil des années de déception et de sacrifices silencieux, que de les abattre et de risquer la tempête qui les attendait au-delà.

La nuit d'hiver s'appuyait contre la vitre, témoin silencieux de son combat intérieur. Pourtant, alors que l'obscurité s'intensifiait et que les doutes les plus lourds s'installaient, un faible bruit attira l'attention de Brigitte : le crissement de pas dans la neige, à l'extérieur de l'auberge. Elle imagina la silhouette de Mustapha émergeant du tourbillon blanc, emportant avec lui tout ce qu'elle craignait et désirait.

Une partie d'elle aspirait à enfreindre ses propres règles, à baisser la garde qu'elle maintenait si fermement. Mais le chant rassurant de la solitude était plus fort ce soir-là, noyant l'espoir fragile qu'elle n'aurait peut-être pas à rester seule.

La nuit était tombée sur Annecy tandis que Mustapha était assis seul près de la fenêtre, les yeux fixés sur la faible lueur des lanternes qui se reflétait dans le canal gelé. Son appareil photo reposait intact à côté de lui, témoignage silencieux de mois de silence hésitant. Les souvenirs de Paris le hantaient : une ville de regards fugaces, de sourires superficiels et d'ambitions fondées sur la nécessité de faire ses preuves.

Le poids de ses échecs passés pesait lourdement sur ses épaules, chaque déception laissant une cicatrice froide sous son calme habituel. Il prit une profonde inspiration, tendit la main vers son café et sentit ses doigts légèrement trembler ; même les gestes les plus simples lui semblaient être une lutte contre les fantômes qui le hantaient. Son esprit dériva involontairement vers le dernier moment où il s'était vraiment laissé aller : un mariage raté, un amour qu'il avait enfoui sous des couches de travail et de cynisme.

Le cœur battant, il se souvint qu'il avait autrefois cru en la connexion, en la possibilité d'une intimité authentique, avant d'être trahi par sa propre méfiance. Le rejet avait creusé des tranchées dans son psychisme, le rendant méfiant face à la moindre avance. Il gardait donc ses distances, se cachant derrière son objectif, capturant la beauté tout en restant insensible à l'émotion qu'elle suscitait.

Le silence hivernal qui l'entourait était un miroir : malgré son immobilité, il abritait en lui des tempêtes qu'il n'osait nommer. De l'autre côté de la pièce, Brigitte disposait des croissants fraîchement cuits dont l'odeur se mêlait doucement à la fraîcheur qui s'infiltrait par les fenêtres entrouvertes. Elle se déplaçait avec l'aisance que lui avait apportée l'habitude, les mains fermes malgré la tempête de doutes qui faisait rage en elle.

Les routines tranquilles auxquelles elle s'accrochait — pétrir la pâte, remuer doucement le thé — étaient devenues des rituels d'auto-protection. Dans son journal, elle écrivait des mots qu'elle n'osait pas prononcer, des lettres d'amour à la vie qu'elle avait imaginée pour elle-même, une vie qu'elle se demandait souvent si elle était assez courageuse pour revendiquer. L'idée de risquer sa paix fragile pour la possibilité incertaine de l'amour la tiraillait comme le vent hivernal à l'extérieur.

Au fond d'elle, elle croyait que la solitude était son bouclier, un moyen de protéger son cœur de la douleur de la perte et du rejet. Ses souvenirs d'enfance, façonnés par la douce sagesse de sa Mémé, lui avaient appris que l'amour se trouvait dans les petits gestes — réparer, écouter, attendre — mais pas nécessairement dans quelque chose qu'elle méritait pour elle-même. Sa conviction était ferme : elle était mieux seule.

Pourtant, sous cette apparence calme, une lueur de nostalgie persistait, un espoir secret que, peut-être, un jour, la vulnérabilité en valait la peine. Elle repoussa cette pensée et se concentra plutôt sur le rythme de ses routines, essayant de faire taire la douleur qui lui disait qu'elle avait été trop timide pendant trop longtemps. La vieille horloge sonna minuit tandis qu'Antoine Leclerc entrait sur la place faiblement éclairée de la ville, ses pas résonnant doucement sur les pavés.

Le projet de transformer La Vie Douce en un complexe hôtelier haut de gamme occupait ses pensées depuis des mois : une vision ambitieuse qui promettait la prospérité, mais qui menaçait d'effacer le charme tranquille de la vieille ville d'Annecy. Alors qu'il s'approchait de l'auberge, son esprit tournait déjà à toute vitesse, empli de la cupidité du progrès et du poids des attentes d'une communauté avide de changement. Les citoyens considéraient son projet avec un optimisme prudent, mais certains, comme Brigitte, sentaient une résistance plus profonde bouillonner sous la surface.

Il s'arrêta, plissant les yeux pour scruter la façade de l'auberge, un emblème d'histoire et de confort qui, selon lui, pourrait être un tremplin pour sa fortune. Pour lui, Annecy n'était qu'une toile vierge sur laquelle il comptait laisser son empreinte. Pourtant, il écarta les signaux subtils — les regards hésitants des habitants, la résistance silencieuse de Brigitte — comme de simples obstacles à surmonter.

La voix de la communauté était toutefois plus qu'un simple bruit de fond ; elle lui rappelait que le progrès avait souvent un coût. À mesure que le projet d'Antoine avançait, la tension entre croissance et préservation devenait palpable, jetant une ombre sur l'espoir fragile que Brigitte nourrissait pour son auberge bien-aimée. À l'intérieur de l'auberge, Brigitte sentait le courant du changement onduler sous la surface, ses doigts effleurant le bois délavé du comptoir.

Elle savait que la vision d'Antoine menaçait l'œuvre de sa vie, prolongement de l'amour de sa grand-mère, sanctuaire pour ses clients et pour son cœur. Les murmures des citoyens qui craignaient de perdre ce qui rendait Annecy si spéciale pesaient lourdement sur elle et la poussaient à agir. En regardant par la fenêtre givrée, tandis que la neige tombait doucement comme une prière silencieuse, elle se demandait si son obstination tranquille pourrait résister à la marche inexorable du progrès, ou si elle devait choisir entre ses convictions et l'abandon de sa maison.

9

Mémoire et nostalgie

Chaque nuit, tandis que les flocons de neige dansaient délicatement devant sa fenêtre, Brigitte sortait son journal intime dont la couverture en cuir souple était usée par des années de secrets tendres. L'auberge était calme, enveloppée dans le silence de l'hiver. Lorsqu'elle allumait une bougie, sa lumière vacillante projetait des ombres chaudes qui scintillaient sur les murs, à l'image de la vie qu'elle rêvait de mener. Avec le doux grattement de sa plume, elle commençait à rédiger une lettre, une lettre à l'avenir dont elle avait toujours rêvé, mais qu'elle n'avait jamais osé embrasser pleinement.

« Mon cher, qui que tu sois, écrivait-elle, le cœur battant dans sa poitrine, je rêve de matins où la lumière du soleil inonde ma cuisine et où l'odeur du pain fraîchement cuit embaume l'air. Je rêve de rires résonnant sur les murs de La Vie Douce, d'amour partagé autour de tasses de chocolat chaud et de cœurs sans défense. » Les pensées se succédaient comme la neige tombant des toits, chaque mot ouvrant la porte de ses désirs cachés et révélant les couches de nostalgie qu'elle gardait enfouies.

Toutefois, le doute s'insinua en elle, tel le froid du monde extérieur, et elle hésita, la main suspendue au-dessus du papier. « Qui suis-je en train de tromper ? » murmura-t-elle. « Quel homme voudrait cela ? »

Dans le silence persistant, ses insécurités pesaient lourdement, mais écrire lui donnait l'illusion d'une liberté, un avant-goût de ce que pourrait être le sentiment d'être vraiment vue. « Tout ce que je veux, c'est être chérie pour les choses simples, être connue non seulement pour l'auberge, mais aussi pour moi », continua-t-elle, son stylo dansant sur la page.

Encouragée par sa propre vulnérabilité, elle poursuivit : « Je veux partager des moments tranquilles, allumer des feux ensemble et respirer la chaleur de la présence de l'autre. Je veux vieillir avec un cœur qui n'a pas peur de l'amour. Je veux... » Ses pensées vacillèrent et son stylo s'arrêta.

Elle songea à Mustapha, le photographe mélancolique qui, sans le vouloir, avait réveillé des sentiments qu'elle croyait enfouis. Lui lirait-elle un jour ces lettres griffonnées tard dans la nuit ? Comprendrait-il son désir de connexion, sa vie entremêlée au rythme des saisons ?

Dans le calme de son auberge, le poids de ses sentiments inexprimés lui pesait sur la poitrine. Elle se souvenait de leur première rencontre fortuite, un moment enveloppé dans la lumière douce et surréaliste de la neige qui tombait. « Tu m'as conquise, tu sais », murmurait son cœur alors qu'elle imaginait le regard perçant de Mustapha, qui semblait voir à travers elle, retirant les couches de solitude dont elle s'était entourée comme d'un bouclier.

À chaque lettre, elle révélait des fragments d'elle-même qu'elle avait cachés : une femme autonome, avec des rêves et des peurs enchevêtrés dans les fils de son passé. « Je rêve d'avoir la force de te montrer mes cicatrices, écrivait-elle, mon encre traçant les courbes de mon âme, d'avoir confiance que nous ne sommes que deux personnes perdues dans les échos de nos propres histoires, remplies de regrets et d'espoirs. » Chaque ligne donnait forme à son désir et, à chaque trait de plume, elle se libérait un peu plus du poids qu'elle portait seule.

Alors que la nuit s'intensifiait autour d'elle, Brigitte sentit une énergie nouvelle, chargée d'une anticipation de l'inconnu. Il ne s'agissait plus simplement de mots non dits, mais d'entrer dans sa propre vérité, ce désir tranquille qui vibrait en elle et attendait le moment de jaillir comme la première fleur du printemps après un long hiver. « À de nouveaux départs, tel est mon souhait », murmura-t-elle, scellant la lettre avec espoir plutôt qu'avec crainte.

Dehors, la neige continuait de tomber en flocons légers, recouvrant Annecy d'une étreinte tendre. Dans l'ombre de la ville, Mustapha errait dans les rues tranquilles, son appareil photo pendu à son cou, témoignant à la fois de son détachement et de son refus de renoncer à la beauté qui l'entourait. Lui aussi était en quête d'une lumière qui illuminerait ses désirs enfouis, malgré son cœur sur la défensive.

Que se passerait-il lorsque leurs chemins se croiseraient enfin, leurs âmes aspirant à se connecter, mais retenues par les blessures du passé ? Chaque jour, Brigitte rédigeait ses lettres, de petits actes de rébellion contre les liens qui la retenaient. Elle ne les avait pas encore postées, mais chaque lettre la poussait, de manière intangible, à aller de l'avant.

Durant ces mois d'hiver, enveloppée dans des couvertures douillettes, à la lueur vacillante des bougies, Brigitte commença à comprendre que les rêves ne s'épanouissaient pas seulement à la lumière du jour, mais également dans l'ombre. Elle ne ferait plus taire son cœur, plus jamais. Un avenir l'attendait et quoi qu'il arrive, elle serait prête.

Mustapha était assis près de la fenêtre givrée de La Vie Douce, la lumière extérieure pâle et fragile, comme le dernier souffle de l'hiver avant l'arrivée du printemps. Ses doigts traçaient distraitement le bord de sa tasse de café ébréchée tandis que les flocons de neige dérivaient paresseusement devant la vitre, silencieux et lents. Le froid s'insinuait, mais les épaisses poutres en bois de la pièce et le feu crépitant offraient une barrière réconfortante.

Quelque part, entre les ombres et le crépitement sourd de la neige, les souvenirs refirent surface : des instantanés d'une vie autrefois vécue sous les projecteurs de Paris, des ambitions aiguisées puis estompées. Il ferma les yeux pour chasser le passé, mais au contraire, il le revit avec une clarté douloureuse : les vernissages, les flashs des appareils photo, les applaudissements qui lui semblaient toujours creux. Il y avait eu tant de moments, chacun d'entre eux étant un tournant dans sa vie.

Tourner à gauche aurait pu signifier une vie plus tranquille, avec quelque chose de réel ; tourner à droite aurait pu mener à la célébrité, mais pas à l'épanouissement. Il y avait cette exposition qu'il avait abandonnée l'année dernière, dans laquelle il s'était promis de mettre toute son âme, et ces contacts auxquels il avait cessé de répondre, craignant que chaque nouveau projet n'érode le dernier fragment de sa joie. Une douleur amère fleurit dans sa poitrine, mêlée de regrets et d'une étrange nostalgie.

L'appareil photo était posé sur la table ; son poids familier lui semblait soudain étranger. Il ne l'avait pas touché depuis plus d'un an, laissant la poussière s'accumuler là où des souvenirs auraient dû être capturés.

Paris exigeait la perfection, mais ne lui demandait jamais de voir la beauté. Aujourd'hui, ici, dans le calme d'Annecy, il aspirait à retrouver cette perspective perdue. Pourtant, le silence lui semblait plus pesant que n'importe quelle foule ; le paysage blanc à l'extérieur paraissait vaste et intact, mais il se sentait prisonnier de son propre refus.

Son téléphone vibra doucement sur la table en bois, rompant le silence. L'écran s'illumina pour afficher un message de Claire, son assistante à Paris.

« Des nouvelles du tournage ? Le client fait pression. »

Mustapha le fixa, la gorge nouée. Les exigences de son ancienne vie le tiraillaient, lui rappelant les contrats, les délais et le travail sans passion qui remplissaient autrefois ses journées.

Il rédigea une réponse rapide, vague et évasive, puis posa le téléphone. Ce n'était plus son monde, pas ici, entre les canaux gelés et l'air parfumé de pin. Mais l'attrait de ce qu'il avait abandonné le rongeait toujours.

Dehors, la neige s'épaississait, étouffant les bruits de la petite ville. Il se souvenait de l'après-midi où il était arrivé, de la façon dont la lumière avait capturé les contours rugueux des branches gelées pour les transformer en une œuvre d'art. Pendant un bref instant, la rigueur de sa vie parisienne lui avait semblé être un rêve lointain.

Pourtant, sous la surface, ses anciennes insécurités murmuraient. Il remettait en question son talent, sa valeur en dehors de la lentille commerciale qu'il avait portée comme une armure. Pouvait-il vraiment retrouver la passion qui l'avait autrefois enflammé ?

Ou cette partie de lui s'était-elle estompée au fil des saisons, comme les empreintes de pas qui disparaissent sous la neige fraîche ? L'odeur du bois brûlé se mêlait à la fraîcheur de l'air froid qui s'engouffrait par la porte entrouverte. Mustapha se leva et se dirigea vers la cheminée, l'appareil photo l'appelant toujours depuis la table.

Ses doigts flottèrent au-dessus, tremblant presque imperceptiblement.

« Une seule photo, murmura-t-il, une seule. » C'était une promesse qu'il fit silencieusement à la nuit hivernale, une offrande à lui-même et à l'espoir d'un meilleur avenir.

Le passé était une ombre qui le poursuivait, mais peut-être que cet endroit, ce calme fragile, pourrait faire fondre les parties gelées de son âme. Dehors, le vent soufflait dans les pins, apportant avec lui la promesse d'une nouvelle lumière, d'une nouvelle vie.

Brigitte était assise près de la bougie vacillante dont la lueur douce projetait des ombres délicates sur son journal. Dehors, la neige tombait en flocons silencieux et incessants, enveloppant le monde d'un silence serein qui semblait presque sacré. Son stylo resta suspendu un instant, puis elle commença à écrire, les mots coulant comme un doux ruisseau de secrets longtemps gardés.

Les souvenirs de son enfance lui revenaient en mémoire : une cuisine douillette, l'odeur du pain qui lève, la voix chaleureuse de sa grand-mère qui lui racontait des histoires qui semblaient s'infiltrer dans ses os. Chaque souvenir était une brique dans la forteresse silencieuse qu'elle avait construite autour de son cœur, pour se protéger de la douleur des désirs inavoués. Mais ce soir-là, tandis que le feu crépitait dans la cheminée et que son regard se posait sur la fenêtre givrée, elle se demanda si elle ne s'était pas trop protégée, enfermant des fragments de son passé qui, s'ils étaient acceptés, pourraient la libérer.

Mustapha marchait dans les rues enneigées, son appareil photo lourdement suspendu à son cou, et à chaque pas, la neige craquait doucement sous ses bottes. Dans le calme de l'hiver à Annecy, il ressentait le contraste saisissant avec Paris : le chaos de la foule, les lumières clignotantes, la quête incessante de la perfection. Ici, dans cette ville tranquille, une question tacite résonnait dans son esprit : pourrait-il retrouver la beauté dans ces instants purs et imparfaits ?

Ses doigts effleurèrent le métal froid de l'appareil photo, lui rappelant son objectif : voir au-delà des apparences et capturer l'essence fragile et éphémère de la vie. Les souvenirs de ses succès parisiens se mêlaient aux regrets des occasions manquées : les photos qu'il n'avait pas prises, les mots qu'il n'avait pas prononcés. Il était venu chercher le silence, mais secrètement, il aspirait à renouer avec lui-même, à comprendre ce qu'il avait oublié depuis longtemps : comment ressentir à nouveau, comment se voir à travers le prisme de la compassion plutôt que de la critique.

Dans le calme de La Vie Douce, Brigitte se perdait souvent dans ses pensées. Derrière son sourire chaleureux se cachait une enfance assombrie par l'absence de sa mère et par l'amour constant de sa grand-mère. Elle se consacrait entièrement à ses tâches quotidiennes, pétrissant la pâte, rangeant les chambres, créant un sanctuaire où chaque détail témoignait d'attention et de continuité.

Cependant, derrière cette apparente sérénité

se cachait un désir ardent, un murmure de rêves inassouvis et de promesses qu'elle s'était faites à elle-même et qu'elle avait ignorées depuis trop longtemps. Les pages de son journal révélaient des secrets sincères, des lettres d'amour à une vie qu'elle imaginait, mais qu'elle hésitait à revendiquer. Parfois, dans ces moments de solitude, elle se demandait si son indépendance farouche était un bouclier ou une cage.

L'amour qu'elle portait à l'auberge et à ses routines la protégeait-il ou l'empêchait-il de réaliser ce que son cœur désirait vraiment ? Alors que la neige recouvrait la ville d'un manteau de silence, elle songea à s'échapper de sa prison silencieuse pour rechercher une vie où la vulnérabilité serait une force.

De l'autre côté de la rue, Mustapha s'arrêta, le regard fixé sur le reflet glacé du canal éclairé par la lune.

Quelque chose dans cet endroit, le silence doux de la neige, l'air cristallin, commença à faire remonter des émotions qu'il avait longtemps enfouies sous des couches de cynisme. Des souvenirs de moments où il s'était senti le plus vivant lui revinrent en mémoire, lorsque son appareil photo avait capturé une vérité que les mots ne parvenaient souvent pas à exprimer. Il se demanda s'il avait été si préoccupé par le succès qu'il avait perdu de vue les joies simples, ces moments bruts et spontanés qui méritaient d'être immortalisés.

Ses doigts se refermèrent instinctivement autour du boîtier froid de son appareil photo, comme pour se protéger du gel intérieur qu'il sentait s'installer au plus profond de lui. Se priver de toute expression était devenu sa norme, un bouclier contre la vulnérabilité. Mais ce soir-là, au milieu de la beauté gelée d'Annecy, il sentit une ouverture, une fragile graine d'espoir qui, si elle était nourrie, pourrait s'épanouir en une redécouverte de l'art et de la passion qu'il avait laissés derrière lui.

Alors que les flocons de neige se faisaient plus intenses, il se demanda si laisser le passé derrière lui pourrait être l'acte même qui lui permettrait de se voir à nouveau, à travers un prisme d'honnêteté et de curiosité bienveillante.

Au fond d'elle-même, les souvenirs de Brigitte s'entremêlaient à ses rituels quotidiens, comme le pain chaud qu'elle cuisait. Chaque pétrissage, chaque pliage délicat était une prière, un témoignage de son désir de stabilité et d'amour.

Pourtant, elle se surprenait souvent à noter ses pensées dans son journal, des lettres d'amour secrètes qu'elle n'enverrait jamais, murmurant ses espoirs dans les pages. Elle croyait que l'amour s'exprimait à travers des gestes discrets : allumer un feu, partager une tasse de thé, réparer un pull. Mais sous son apparence calme se cachait une douleur plus profonde. Une partie d'elle se demandait si accepter sa douleur passée pourrait la rendre plus forte, si reconnaître ses rêves inavoués pourrait guérir les blessures qu'elle avait ignorées.

Alors que le vent apportait des effluves de cannelle et de pin hivernal, elle sentit un élan de courage la saisir. Peut-être, juste peut-être, pouvait-elle se permettre de se souvenir de l'amour qu'elle avait perdu, et trouver ainsi le courage d'ouvrir à nouveau son cœur, non pas à un avenir parfait, mais à un présent imparfait et vulnérable. Ce soir-là, lorsqu'elle referma enfin son journal, sa main tremblait légèrement, le poids des sentiments refoulés remontant à la surface, attendant d'être libérés.

10
Connexion physique

La flamme vacillante d'une bougie projetait des ombres dansantes sur les poutres en bois rustiques de La Vie Douce, illuminant la chaleur de l'auberge, tandis qu'à l'extérieur, la neige tombait doucement contre les fenêtres givrées. L'air sentait la cannelle et le pain frais, avec une légère note de pin, créant une atmosphère de confort dans la froide nuit d'hiver. Mustapha était assis en face de Brigitte, à la petite table en bois. Leur souffle embuait momentanément l'air tandis qu'ils sirotaient des tasses de thé épicé fumant.

Un silence tendre, mais chargé de vérités tacites, les enveloppait.

« Vous savez, commença Mustapha, sa voix grave rompant le silence, la dernière fois que je me suis vraiment senti en paix, c'était dans le jardin de ma grand-mère. Elle avait la main verte, un monde à elle. » Il se pencha en arrière, le regard perdu dans les ombres vacillantes. « Je me souviens qu'elle me montrait comment planter des graines, les mains enfoncées dans la terre, tandis que les nôtres portaient les histoires de chaque fleur qui s'épanouissait. »

À cet instant, il souleva involontairement un coin du voile qui protégeait son cœur, laissant entrevoir une lueur de nostalgie teintée de désir.

Les yeux de Brigitte s'adoucirent, captivés par

cette histoire qui faisait écho à ses propres souvenirs d'enfance.

« Ma mémé m'a appris que les meilleures choses se font avec patience », répondit-elle d'une voix basse et sincère. «Le pain qui lève, l'amour qui grandit... Tout cela prend du temps. »Elle jouait avec sa tasse dont la chaleur se diffusait dans ses paumes. « C'est ainsi que je conçois la gestion de cette auberge. Chaque jour, je la nourris comme je le ferais dans sa cuisine. »

Un léger sourire illumina ses lèvres, mais derrière celui-ci se cachait un désir profond qu'elle n'osait pas exprimer. Mustapha l'observait, sentant un lien se renforcer entre eux, une compréhension mutuelle se développer, à l'image du thé qu'ils buvaient. Il pouvait presque voir sa mémé, gardienne de la sagesse, enseigner à Brigitte à pétrir la pâte, tout comme elle pétrissait son cœur.

« Vous arrive-t-il de vous sentir piégée ici ? Peut-être qu'un monde plus vaste vous attend ailleurs. »

Il hésita, sondant ses propres désirs.

Brigitte se mordit la lèvre inférieure et le silence plana dans l'air comme un invité indésirable.

« Parfois, avoua-t-elle d'une voix à peine plus forte qu'un murmure. Mais ensuite, je pense à tout l'amour que je mets dans cet endroit.

Les gens que je salue, la chaleur que je peux partager. L'idée de partir me semble... » Elle s'interrompit, laissant flotter son honnêteté entre eux comme un fil délicat. « Pourtant, je ne peux m'empêcher de penser que je suis destinée à quelque chose de plus grand. »

Son regard se posa sur sa tasse, trahissant une pointe de vulnérabilité, puis elle releva les yeux, cherchant à lire la compréhension dans son regard.

« Je comprends ce sentiment, » répondit Mustapha d'un ton grave, ses propres craintes refaisant surface à chaque mot. À Paris, j'avais tout : une carrière, la reconnaissance, mais cela me semblait superficiel, comme si je tirais à l'aveuglette. Il n'y avait ni profondeur, ni cœur. » Il se tortilla sur sa chaise, les épaules tendues. « J'ai tout laissé derrière moi pour poursuivre un rêve. Une promesse d'inspiration vide de sens. » Il ricana, le son amer de sa voix contrastant avec la chaleur de l'auberge. « Et maintenant, je me demande si je ne suis pas en train de fuir. »

Sa voix se durcit à mesure qu'il prenait conscience de son état émotionnel. Brigitte le regarda, sentant le tumulte qui se cachait sous son apparence calme.

« Fuir peut parfois vous mener vers ce dont vous avez vraiment besoin », dit-elle doucement, le cœur serré pour l'homme assis en face d'elle. « Il s'agit de trouver la clarté, n'est-ce pas ? Je pense que nous recherchons tous les deux la même chose : une compréhension de nous-mêmes, un endroit où nous nous sentons vivants. »

La sincérité de son ton l'enveloppa comme une douce étreinte. La bougie vacillait entre eux et un silence fragile s'installa dans la pièce. Le souffle de Mustapha se calma, s'accordant au scintillement de la lumière, tandis qu'il croisait le regard de Brigitte.

« Parlez-moi des lettres d'amour que vous écrivez », dit-il, surpris par la vulnérabilité qui transparaissait dans ses propres mots. « Vous en avez parlé une fois, comme d'une fenêtre donnant sur une âme que je connais à peine. »

Une ombre passa sur le visage de Brigitte.

La franchise de sa question la surprit, déterrant des murmures enfouis qui résonnaient dans son esprit.

« Ce ne sont que des pensées que je ne partagerai jamais », admit-elle, la voix légèrement tremblante. « Des mots que j'avais besoin d'exprimer, mais que j'ai retenus. » Elle hésita, le passé menaçant de refaire surface. « C'est plus sûr ainsi. »

Mustapha se pencha vers elle, la voix basse et sincère.

« Et si ces mots faisaient partie de toi ? Et si les

partager pouvait tout changer ? »

L'intensité de son regard la poussa à briser le silence qui étouffait toujours ses pensées. Le cœur de Brigitte se mit à battre plus fort.

« J'ai toujours craint que si je laissais ces mots sortir, je m'exposerais trop. Et si la personne que je révèle n'était pas digne d'amour ? » Tandis qu'elle parlait, le poids des vérités non partagées flottait dans l'air. « Et si elle voyait tout de moi et décidait de se détourner ? »

« Mais les vraies relations se nourrissent de vulnérabilité, n'est-ce pas ? » rétorqua doucement Mustapha, la chaleur de sa voix l'envahissant. « Il est peut-être temps de découvrir ce que l'on ressent lorsqu'on lâche prise. Tu mérites d'être vue, Brigitte. »

À cet instant, entourée de la lumière vacillante et du silence enneigé, Brigitte sentit un changement, un éveil dans son cœur où la chaleur avait autrefois été étouffée par le doute. Le regard inflexible et sincère de Mustapha semblait la dépouiller des couches qui l'enveloppaient, la poussant à faire un pas qu'elle avait longtemps évité.

Chaque respiration semblait plus lourde, chargée de la promesse d'un territoire inconnu. À ce moment-là, une rafale de vent fit vibrer la fenêtre, comme un signe avant-coureur de changement, et les flocons de neige se mirent à danser contre la vitre. Dehors, le monde était peut-être gelé, mais à l'intérieur de l'auberge éclairée à la bougie, la chaleur des histoires partagées commençait à faire fondre leurs barrières émotionnelles.

Dans cet espace sacré, ils se tenaient au bord du précipice des possibilités, dans un moment tendu, leurs cœurs murmurant pour en savoir davantage.

Les doigts de Mustapha effleurèrent avec hésitation la table en bois usée qui les séparait, comme si le grain du bois racontait des histoires qu'il ne pouvait pas encore entendre. La bougie vacillait doucement, projetant de légères ombres derrière la fenêtre givrée.

Dehors, le silence feutré de l'hiver d'Annecy recouvrait les rues comme un secret attendant d'être partagé.

Brigitte s'assit près de lui, sa main à quelques centimètres de la sienne ; la chaleur émanant de son gant en laine était une invitation silencieuse. Le silence s'installa alors entre eux, épais de non-dits, comme l'espace entre deux notes dans une composition délicate.

« Vous avez froid », dit enfin Brigitte d'une voix basse, sur le même ton que le doux crépitement de la cheminée toute proche.

Elle tendit la main et la posa délicatement sur la sienne, dans un geste tendre et délibéré. Mustapha eut le souffle coupé, pris au dépourvu par cette simple intimité. Ce n'était pas une grande déclaration, juste un petit geste, comme lui offrir une bouée de sauvetage par une nuit d'hiver.

Ses doigts se recroquevillèrent légèrement et la raideur de sa paume s'atténua lorsqu'il sentit la force de son toucher. La chaleur n'était pas seulement physique ; elle s'insinuait plus profondément, dénouant quelque chose de plus serré en lui. Brigitte baissa les yeux, ses joues rougies par la douce chaleur de la lumière de la lampe de l'auberge.

« J'apprends, vous savez... à faire confiance, » murmura-t-elle, comme si elle confiait une vérité fragile aux ombres elles-mêmes. « C'est plus que des mots. C'est la façon dont vous laissez quelqu'un vous atteindre. La façon dont vous restez suffisamment immobile pour être atteinte. »

Son pouce effleura une partie nue de son poignet, usée par des années de retenue. Les yeux de Mustapha rencontrèrent alors les siens, pleins d'une vulnérabilité prudente qui le surprit lui-même.

L'hiver dehors semblait s'être arrêté, attendant avec eux dans cette pièce calme qui sentait le pin et les pommes cuites. Il voulait dire quelque chose, quelque chose qui expliquerait le poids qu'il portait, la fatigue dans ses os.

Mais, au lieu de cela, il se rapprocha, comblant l'espace qu'il avait toujours gardé hors de portée. Lorsque leurs mains se touchèrent enfin, le contact fut à peine plus qu'un murmure, ses doigts traçant la courbe de son poignet, aussi hésitants que des flocons de neige sur la peau. Brigitte retint son souffle et un petit sourire apparut au coin de ses lèvres.

C'était une connexion fragile, une promesse que la confiance pouvait naître du plus simple des contacts. Dehors, le vent soupirait à travers les branches nues, emportant avec lui l'odeur d'une chute de neige imminente. À l'intérieur, les seuls sons étaient le faible crépitement du bois et le battement de deux cœurs qui s'entremêlaient prudemment, au-delà des mots.

La garde de Mustapha, aiguisée au fil des années sous les projecteurs froids de la ville, s'adoucit légèrement. La pièce se réchauffa, non seulement grâce au feu, mais aussi grâce à la compréhension silencieuse qui passait entre eux : un dialogue entre leurs doigts et un silence partagé qui, avec le temps, pourrait enflammer quelque chose de plus profond.

« Je n'avais jamais réalisé à quel point le silence pouvait être lourd, jusqu'à présent », murmura-t-il, la voix presque tremblante de vérité.

Brigitte lui serra doucement la main, l'ancrant

autant qu'elle acceptait le poids qu'il lui transmettait. Le silence qui suivit fut chargé de possibilités. Dehors, derrière la fenêtre, un flocon de neige semblait flotter, prêt à se poser ; un moment délicat, figé dans le temps.

Et, comme dans un souffle suspendu, le langage du toucher avait exprimé à haute voix ce que les mots ne pouvaient encore dire.

Brigitte s'assit à la petite table en bois près de la fenêtre givrée de La Vie Douce, les doigts encore imprégnés de l'odeur du sucre et de la cannelle qui flottait dans l'air depuis la veille au soir. Le calme de l'aube à Annecy s'infiltrait à travers les rideaux en dentelle, projetant des motifs délicats sur son journal intime. Son stylo hésitait, indécis, avant qu'elle ne commence à écrire avec soin, les mots coulant doucement, comme si le fait de coucher ses pensées sur le papier pouvait rendre ses sentiments plus tangibles, moins assombris par le doute et le désir.

Elle avait toujours cru que la réflexion était un acte silencieux, presque chuchoté, comme la neige qui tombait doucement dehors. Aujourd'hui, son journal était devenu le réceptacle de ses espoirs inavoués, un lieu où elle pouvait affronter les parties d'elle-même qu'elle cachait même à ses amis les plus proches.

De l'autre côté de la ville, Mustapha errait dans les rues étroites et pavées, son appareil photo pendu autour du cou. Le calme hivernal incarnait le silence dont il rêvait, une pause dans le bruit incessant qui l'avait engourdi à Paris. Mais lorsqu'il leva son objectif, il ne ressentit pas l'excitation de capturer la beauté, mais une distance obstinée par rapport à celle-ci. Ses pensées s'attardaient sur son dernier projet raté et les espaces vides de son portfolio faisaient écho à son vide intérieur.

À cet instant, il se retrouva à fixer son reflet dans une flaque d'eau, l'eau glacée scintillant comme du verre brisé. « La beauté est partout », se répétait-il souvent, « alors pourquoi diable, je ne la ressens plus ? » Cette question le taraudait, un murmure porté par le vent froid qui le poussait à regarder plus loin, sous la surface de la neige et de la pierre.

Plus tard, dans le calme du salon de l'auberge, Brigitte et Mustapha se croisèrent, leur conversation hésitante mais révélatrice. Brigitte remarqua la façon dont il la regardait, avec une intensité qui semblait transpercer les couches de son apparence calme.

« Tu vois le monde à travers ton appareil photo, mais te vois-tu toi-même ? » murmura-t-elle doucement en remuant son thé. » Il la regarda, admettant silencieusement : « Parfois, j'oublie comment voir quoi que ce soit, surtout moi-même. »

Alors qu'ils partageaient cette vulnérabilité, une compréhension tacite s'installa entre eux, aussi fragile que la neige recouvrant les toits d'Annecy. Elle se demanda si cette acceptation silencieuse suffirait à briser la carapace qu'elle avait construite autour de son cœur, tandis que lui se demandait s'il pourrait renouer avec les parties de son âme longtemps enfouies sous la surface glacée de son cynisme.

La journée avançait et Brigitte se retrouva à nouveau en train d'écrire son journal, cette fois sous un dais de branches recouvertes de givre. Ses pensées dérivèrent vers l'intérieur, et elle passa en revue tous les espoirs qu'elle osait nourrir, minuscules et fragiles comme les flocons de neige qui fondaient sur le bout de ses doigts. « Peut-être, écrivit-elle doucement, que l'amour consiste moins à trouver quelqu'un qu'à comprendre les parties silencieuses de nous-mêmes que nous gardons cachées. » Ses mots lui semblaient vrais à cet instant, une confession silencieuse de son désir non seulement d'être aimée, mais aussi de se faire voir par quelqu'un qui la comprenait, au-delà des routines et des habitudes, au-delà du vernis de force qu'elle affichait devant ses invités. Au fond d'elle-même, elle se demandait si elle oserait un jour révéler ses secrets à haute voix.

Partager ses rêves inavoués ? Ou bien son journal resterait-il son seul confident ?

Pendant ce temps, les pensées de Mustapha tourbillonnaient dans une tempête silencieuse. Le doux sourire de Brigitte le hantait, une chaleur indescriptible qui contrastait fortement avec le froid de l'hiver.

Pourquoi avait-il laissé passer des mois sans son appareil photo? S'était-il caché à lui-même tout ce temps, s'accrochant au confort de la déconnexion ? En passant devant une fontaine recouverte de givre, il s'arrêta, inspirant l'odeur vive de la neige et du pin.

Ses doigts tremblaient lorsqu'il plongea la main dans la poche de son manteau pour en sortir un vieux carnet négligé dont les premières pages étaient couvertes de croquis et d'idées griffonnées. Avec une détermination tremblante, il l'ouvrit et, dans ce moment fragile, fit un vœu silencieux : renouer avec son art et voir à nouveau à travers l'objectif de son appareil photo, mais également de son cœur. Cette promesse tacite scintillait dans son esprit : peut-être que la vraie beauté se cachait juste sous la surface de la glace, prête à être découverte.

Ce soir-là, alors que l'auberge était baignée dans la lueur chaleureuse des bougies et embaumait le parfum du ragoût mijotant, Brigitte réfléchissait en silence. Son journal était ouvert à côté d'elle, les pages voltigeant doucement au gré de ses pensées. Elle pensait au pouvoir de la réflexion, à la façon dont elle pouvait révéler des vérités cachées derrière les soucis quotidiens. Chaque mot qu'elle écrivait était un pas vers la compréhension qu'elle recherchait, un moyen de démêler doucement les fils de ses peurs et de ses désirs.

Alors qu'elle trempait une fois de plus sa plume, elle se souvint des paroles de sa grand-mère : « L'amour se construit à travers de petits gestes : les matins tranquilles, les tasses de thé partagées, les routines simples qui nous unissent. » Au fond d'elle-même, elle se demandait si son journal pourrait un jour devenir une carte, autant de ses espoirs, que de son courage d'aimer ouvertement, même si cela signifiait tout risquer. Un jour, peut-être, elle raconterait son histoire à voix haute, à quelqu'un qui l'écouterait vraiment.

Sans qu'elle s'en rende compte, Mustapha était assis dans le coin sombre de la pièce, les yeux fixés sur les flammes vacillantes à l'extérieur de la fenêtre. Son esprit vagabondait vers les photos qu'il n'avait pas encore prises, ces moments de silence hivernal qu'il avait trop peur de capturer.

Était-ce la peur ou la fatigue qui avait réduit son appareil photo au silence ? Alors qu'il effleurait le verre froid de son propre journal, il ressentit une petite lueur d'espoir. Peut-être, juste peut-être, que le silence de cet hiver était une accalmie avant quelque chose de nouveau, un réveil qui attendait de se déployer sous la neige.

Son regard se posa sur une silhouette fugace qui passait, et les ombres projetées par les flammes vacillantes des bougies lui rappelèrent que la transformation était possible, même dans les moments les plus calmes. Et avec cette pensée, il reconnut enfin les doutes obscurs qui l'avaient poussé à se replier sur lui-même. Peut-être que dans le silence, il trouverait la force de lâcher prise, de voir à nouveau avec clarté et compassion, et d'accueillir ce qui se cachait sous la surface gelée.

II

Moments transformateurs dans la neige

Les premiers flocons commencèrent à tomber doucement, comme si le ciel lui-même avait décidé d'écrire un nouveau chapitre au-dessus des rues pavées d'Annecy. Brigitte se tenait à la fenêtre de La Vie Douce, captivée par la scène qui se jouait dehors. Les flocons scintillaient comme de minuscules diamants sur le gris terne du ciel matinal, se posant doucement sur les rebords des fenêtres et les toits.

Chaque flocon dansait dans l'air frais, recouvrant la ville bien-aimée de Brigitte d'un silence qui correspondait à la tranquillité qui grandissait en elle. Elle enroula ses bras autour d'elle, cherchant à se réchauffer à la fois du froid de l'air et des incertitudes de son cœur.

« C'est magnifique, n'est-ce pas ? »

La voix de Mustapha la tira de sa rêverie. Il se tenait à quelques pas derrière elle, une silhouette imposante enveloppée dans les teintes profondes de l'hiver. Elle se retourna pour croiser son regard et découvrit une douceur inattendue au fond de ses yeux sombres.

La chaleur de sa présence emplit la pièce, dissipant le froid qui persistait dans sa poitrine depuis plus longtemps encore que le givre sur le sol à l'extérieur.

« Oui, c'est vrai », répondit Brigitte. Sa voix était à peine plus forte qu'un murmure, mais elle portait le poids de mille mots non dits. « La neige, c'est comme un nouveau départ, vous ne trouvez pas ? Une chance de renouveau. »

Cette confession timide resta suspendue entre eux, et ils la ressentirent tous les deux : le désir silencieux de quelque chose de différent, de plus.

Mustapha acquiesça lentement.

« Je le croyais autrefois », dit-il, ses mots lourds du poids des rêves non réalisés. « Mais j'ai l'impression que tout ce que j'ai construit dans ma vie est en train de fondre, comme lors du premier dégel. »

Il détourna les yeux et Brigitte sentit le doute s'abattre sur lui comme un épais brouillard.

« Pourquoi êtes-vous venu à Annecy ? » demanda-t-elle, sa curiosité surpassée par le besoin plus profond de créer un lien.

« Pour fuir ou pour trouver quelque chose. » La question resta en suspens, empreinte d'intimité et d'hésitation. Son silence trahissait une esquive soigneusement orchestrée et Brigitte se surprit à retenir son souffle. Il soupira, le poids de son passé pesant visiblement sur ses épaules. « Peut-être un peu des deux. » Une vulnérabilité fugace traversa son visage, dévoilant l'homme qui se cachait derrière son apparence sophistiquée. « Je me suis perdu... Dans le bruit de la ville. Je voulais être quelque part au calme, où je pourrais trouver la clarté. »

En l'observant, Brigitte comprit que derrière

son attitude réservée se cachait un artiste en quête désespérée de beauté dans un monde de plus en plus cruel.

La neige tombait de plus en plus dru dehors, transformant la rue en un paysage onirique flou.

« Parfois, il faut un moment de calme pour vraiment voir », dit-elle doucement, une idée germait dans son esprit. « Peut-être avons-nous tous deux besoin d'un nouveau regard. »

Mustapha la regarda attentivement, comme s'il pesait chaque syllabe qui flottait entre eux.

« Mais que faire si ce regard est difficile à supporter ? »

Son ton était bas, empreint d'un mélange de crainte et de désir d'honnêteté.

Brigitte sentit un frisson la parcourir, un sentiment d'intimité né depuis leur première rencontre fortuite. L'air autour d'eux s'épaissit, chargé d'émotions inavouées. Pendant un instant, ils restèrent silencieux, tandis que la neige murmurait des secrets contre la fenêtre, les enveloppant dans le silence.

Mustapha s'approcha, la chaleur de son corps se propageant dans l'air vif de l'hiver qui s'était engouffré par la fenêtre. Brigitte pouvait sentir la tension, une énergie magnétique qui les attirait l'un vers l'autre, traversant le silence et les conduisant à se rapprocher.

L'air était vif et doux, imprégné du parfum des pins et de la fumée de bois. Le ciel au-dessus d'Annecy se teintait de douces nuances de lavande et d'acier, tandis que le crépuscule s'abattait doucement sur la ville. Les flocons de neige tombaient paresseusement, se posant sur les pavés et les lanternes en fer forgé qui bordaient les rues étroites. Mustapha et Brigitte se tenaient près du canal gelé, leur souffle se mêlant dans le froid, chaque expiration formant un petit nuage de chaleur pâle dans le silence hivernal.

Le monde autour d'eux semblait s'être arrêté, comme si la douce chute de neige insufflait de la patience à chaque instant qui passait. Pour la première fois, l'espace autrefois rempli de regards hésitants et de mots prudents prenait soudain une autre dimension : celle de la tension fragile de quelque chose de non dit, scintillant sous le murmure de la neige qui tombait. Les doigts de Mustapha effleurèrent inconsciemment la manche du manteau en laine épaisse de Brigitte, un contact si léger qu'il semblait imaginaire.

Son regard se détourna, partagé entre l'hésitation et la douleur qui se cachait sous son calme apparent.

« Annecy semble différente au crépuscule », murmura-t-il d'une voix basse et rauque. « Pas seulement plus calme. »

Le regard de Brigitte croisa le sien, stable et honnête, réchauffé par le souvenir des longues après-midi passées dans la cuisine de sa grand-mère, où le réconfort semblait tissé dans chaque mot doux et chaque sourire tendre.

« C'est quand la lumière commence à se stabiliser », dit-elle doucement. « Comme si elle attendait quelque chose. »

Les mots flottaient entre eux, simples, mais chargés d'une invitation tacite. Tous deux savaient que ce « quelque chose » n'était plus une notion lointaine, mais un élan qui les rapprochait, fragile et audacieux. Le canal gelé reflétait les couleurs sourdes du ciel. Vitreux et inflexible, il se trouvait sous leurs pieds. Mais, c'était l'espace entre eux, soudainement électrique, qui paraissait périlleux.

Mustapha jeta un coup d'œil autour de lui et aperçut la faible lueur des bougies vacillantes derrière les fenêtres givrées des maisons voisines. La chaleur de ces petites lumières évoquait un monde au-delà de leur solitude, un rappel de la proximité qu'il leur restait à embrasser. Il voulait en dire davantage, tendre la main et démanteler les murs qu'il avait soigneusement érigés au fil des années de solitude, mais les mots se bousculaient dans sa gorge.

Au lieu de cela, il respira l'air froid, se raccrochant à l'espoir fragile que Brigitte portait comme une flamme silencieuse.

« Vous n'avez jamais dit pourquoi vous êtes restée ici », murmura-t-il, la voix rauque, pleine de questions non formulées.

Elle sourit doucement, une pointe de tristesse cachée derrière la courbe de ses lèvres.

« Parce que certains feux sont plus difficiles à quitter. Et certains cœurs ont besoin de temps pour brûler le froid. »

L'espace entre eux se réduisit tandis que la neige continuait de tomber, chaque flocon captant la faible lumière comme une petite promesse.

La main de Brigitte trembla légèrement avant qu'elle ne glisse une mèche rebelle derrière son oreille. Mustapha fixa cet instant, observant les lignes de vulnérabilité qui se dessinaient tendrement sur son visage. Son souffle se coupa et, soudain, les années de silence prudent et la distance qu'il avait érigée comme une armure se mirent à s'effondrer sous le poids de quelque chose d'infiniment doux et vrai.

Sans s'en rendre compte, sa main trouva la sienne, d'abord timidement, comme s'il craignait de briser le charme tranquille, puis leurs doigts s'entrelacèrent, la chaleur s'infiltrant entre eux comme un lent dégel.

« Brigitte ! »

Il prononça son nom, assez bas pour qu'elle seule puisse l'entendre ; le son formait un pont fragile entre leurs âmes sur la défensive. La neige réduisait le monde à une bulle étroite d'intimité dans laquelle aucun des deux n'avait plus besoin de faire semblant.

Ses yeux cherchèrent les siens, révélant les questions qu'elle avait soigneusement dissimulées sous des couches de contrôle méticuleux, des questions auxquelles seul un baiser pouvait répondre. Puis, attirés par une force qu'aucun d'eux ne comprenait vraiment, ils se penchèrent l'un vers l'autre, le monde se réduisant à l'effleurement de leur souffle, au tendre frôlement de leurs cils contre leurs joues. Le premier contact fut léger comme une plume, hésitant, comme la première note timide d'une douce mélodie.

Le temps semblait ralentir, le crépuscule hivernal les enveloppant, tandis que tout le reste s'évanouissait : le froid, la peur, les années passées loin d'eux-mêmes et l'un de l'autre. Lorsque leurs lèvres se rencontrèrent à nouveau, plus profondément cette fois, ce ne fut pas juste un baiser, mais une rupture des barrières, une ouverture des portes qui n'étaient plus verrouillées par les blessures du passé ou les murs du silence. La neige, qui tombait sans discontinuer, semblait s'accumuler autour d'eux, comme un témoin secret de ce début fragile.

La tête de Brigitte reposait contre l'épaule de Mustapha qui la serrait contre lui ; dans cette étreinte, la douleur solitaire de l'hiver commençait à s'estomper. Pour eux deux, ce n'était pas seulement un baiser, mais une promesse silencieuse murmurée dans le calme de la neige d'Annecy, un serment tacite de franchir les frontières de la peur et d'entrer dans la chaleur qui les attendait juste au-delà. Alors que les dernières lueurs disparaissaient à l'horizon, ils restèrent immobiles, le silence de la ville respirant autour d'eux comme un vieil ami.

Aucun des deux n'avait besoin de parler, car cela n'était pas nécessaire. Derrière les fenêtres givrées, des bougies scintillaient, projetant des espoirs dorés dans la nuit imminente. Un nouveau chapitre avait commencé, entre la neige chuchotante et la peau tendre, fragile, mais intense, sous le crépuscule hivernal d'Annecy.

Brigitte regardait par la fenêtre givrée de La Vie Douce, son souffle embuant la vitre sur laquelle elle traçait des motifs. Les souvenirs de son enfance à Annecy lui revinrent doucement :

les mains toujours douces de sa mémé, sa voix enveloppante, qui lui chuchotait des histoires au-dessus de bols fumants de soupe à l'oignon. Ces premières années lui avaient inculqué une certitude tranquille : l'amour ne se mesurait pas à travers de grandes déclarations, mais à travers des gestes constants : soulever une tasse, remettre une écharpe, remuer une pâte avec patience.

En grandissant dans les rues enneigées, elle avait appris à prendre soin des autres, à écouter au-delà des apparences et à trouver la beauté dans le quotidien. Ces leçons, désormais ancrées dans son âme, nourrissaient un espoir fragile : peut-être trouverait-elle un jour quelqu'un capable de la voir avec la même tendresse et la même profondeur. Ce soir-là, l'auberge semblait particulièrement calme ; l'odeur du pain frais flottait dans l'air, se mêlant au parfum léger des pins et au froid hivernal.

Les doigts de Brigitte s'attardaient sur un journal usé, son stylo suspendu au-dessus de pages remplies d'espoirs inavoués. Elle se demandait souvent ce qu'aurait été sa vie si elle avait osé poursuivre un rêve différent, si elle avait osé franchir les frontières tranquilles d'Annecy. Pourtant, son amour pour la ville, ses traditions et son rythme de vie régulier la maintenaient ancrée à cet endroit.

Elle comprenait que son approche de

l'amour, calme et réfléchie, était à la fois son armure et son don. Cependant, sous son apparence posée brûlait un désir douloureux de quelque chose de plus profond, d'une connexion qui ferait enfin fondre la solitude dans laquelle elle se réfugiait souvent. Son cœur murmurait doucement, se demandant s'il y avait de la place pour la vulnérabilité dans ce paysage enneigé et silencieux.

Chaque matin, à La Vie Douce, Brigitte s'affairait avec familiarité et affection : pétrir la pâte, disposer les croissants frais, arranger de petits vases de fleurs d'hiver. Ce rythme était devenu son battement de cœur, un contre-point apaisant à la solitude qui parfois résonnait dans sa poitrine. Ses routines étaient de discrets actes de dévotion : arroser les herbes sur le rebord de la fenêtre, ajuster les rideaux de dentelle défraîchis, allumer une bougie sur le bureau avant d'écrire.

Chaque geste murmurait son désir de créer un refuge, un lieu où la simplicité favoriserait les liens. Dans ces rituels, elle trouvait un sentiment fragile de contrôle face à l'imprévisibilité de la vie, un calme auquel elle s'accrochait désespérément lorsque son esprit vagabondait vers un amour tacite et des occasions manquées. Plus tard, alors qu'elle préparait le salon pour les invités de l'après-midi, elle s'arrêta pour respirer le parfum subtil du pain fraîchement cuit, une odeur qui ressemblait à une berceuse pour son cœur agité.

Elle ouvrit à nouveau son journal, laissant l'encre couler sous sa plume et capturant des pensées fugaces sur le changement et la possibilité d'ouvrir son cœur. Les pages se remplissaient lentement : ses espoirs, ses peurs, ainsi que ses lettres d'amour secrètes adressées à un avenir qu'elle n'osait pas encore revendiquer. À chaque mot, une petite étincelle s'allumait en elle, lui rappelant que l'espoir pouvait perdurer, même dans la routine, attendant tranquillement le bon moment pour briller à travers le calme de la neige.

Les souvenirs d'enfance de Brigitte ressemblaient souvent à une douce rediffusion : la voix douce de sa grand-mère, le bruit de la pâte qu'elle pétrissait, la douceur d'une couverture chaude. Ces souvenirs, gravés dans son cœur, lui avaient appris que l'amour s'exprimait à travers des gestes discrets : réparer, cuisiner, écouter. Son auberge était le prolongement de cet héritage : un sanctuaire de constance où les clients trouvaient plus qu'un simple abri ; ils trouvaient un espace pour respirer, pour être.

Pourtant, sous cette apparente quiétude, un désir ardent bouillonnait : celui de voir son histoire se dérouler au-delà des murs familiers, d'être vue pour ce qu'elle était vraiment, et non comme la soignante sur laquelle tout le monde comptait. Elle se demandait parfois si son approche avait créé des murs plutôt que des ponts, si sa gentillesse méthodique ne masquait pas ses propres besoins insatisfaits. Néanmoins, elle s'accrochait à ses principes, espérant qu'un jour, quelqu'un la verrait pour ce qu'elle était vraiment, au-delà de ses routines, et non pas à travers son cœur calme et vulnérable.

Plus tard dans la soirée, alors que le feu crépitait doucement, le regard de Brigitte se posa sur de vieilles photos de son enfance : sa mémé, les rires de ses parents, les chutes de neige qui recouvraient la ville. Ces images éveillèrent en elle une douce douleur, mêlant nostalgie et désir. Son journal était rempli de croquis de rêves et de lettres d'amour timides qu'elle n'avait jamais osé exprimer, et qu'elle conservait précieusement dans l'ombre de son esprit.

Elle était convaincue que l'amour était une croissance lente et régulière, comme la pâte qui lève ou les bougies qui scintillent dans le froid de l'hiver. Elle savait que sa vie était tissée dans la neige et la pierre d'Annecy, mais elle se demandait parfois s'il y avait de la place pour autre chose que des routines tranquilles. Quelqu'un pourrait-il l'accepter telle qu'elle souhaitait être acceptée, comme une femme qui créait de la chaleur de ses propres mains, mais qui avait elle-même soif de chaleur

?

Les pas de Mustapha résonnaient doucement dans le silence des rues vides d'Annecy recouvertes de toiles d'araignée, la neige craquant sous ses bottes en cuir usées. Autrefois, à Paris, l'agitation de la célébrité semblait imparable : tant de regards, tant de bruit, jusqu'à ce que le chaos de la ville étouffe sa voix, sa créativité. Aujourd'hui, au milieu du calme immaculé de l'hiver, il aspirait à la solitude non pas comme une retraite loin de la vie, mais comme un espace pour renouer avec la partie de lui-même qu'il avait laissée derrière lui.

L'objectif de son appareil photo lui semblait plus lourd qu'auparavant, comme un vieil ami en quête d'attention. Il errait dans les ruelles couvertes de givre, à la recherche d'une clarté qui lui avait échappé durant les interminables nuits de la capitale. Ici, dans la beauté tranquille et gelée d'Annecy, il espérait retrouver l'inspiration qu'il avait perdue et entendre à nouveau les murmures sous la neige et la glace.

L'air vif aiguisait ses sens : l'odeur des pins, l'écho lointain des cloches, le murmure des flocons de neige effleurant sa joue... Tout cela devenait sa nouvelle palette. Ses doigts le démangeaient d'appuyer sur le déclencheur, mais il hésitait, partagé entre la peur de l'échec et l'espoir d'une redécouverte. Il observait le monde à travers son objectif, à la recherche de ce moment de vérité insaisissable, cette fraction de seconde où la beauté se passe de mots.

Toutefois, alors qu'il cherchait le silence à l'extérieur, une tempête faisait rage à l'intérieur : des doutes sur son art, de vieilles blessures dues à des rejets passés, la douleur inexprimée des moments manqués. Il calma néanmoins son souffle, car il savait que cette pause était nécessaire ; dans l'étreinte hivernale d'Annecy, il pourrait trouver le courage de se redécouvrir. Au fil des jours et des semaines, Mustapha sentit le lent et doux murmure d'un éveil intérieur, qui survient souvent dans le calme, lorsque les mots manquent et que seules les émotions s'expriment.

En se promenant le long du canal gelé, il s'arrêta pour observer le givre délicat au bord de l'eau, dont les motifs glacés reflétaient les contours fracturés de son cœur sur la défensive. Il commença à comprendre qu'au cœur du silence se cachait un langage qui attendait d'être entendu, un langage de vulnérabilité et d'abandon aux moments de beauté et de douleur. Son appareil photo, qui était autrefois un outil d'observation à distance, lui semblait désormais être une extension de lui-même, une invitation à faire à nouveau confiance.

Nuit après nuit, il retournait dans sa chambre, prenait un journal intime abîmé et griffonnait des pensées qui ressemblaient à des confessions murmurées, des lettres à lui-même qu'il avait longtemps enfouies sous des couches de cynisme et de doute.

Un soir, alors qu'il était assis près du feu, son appareil photo posé silencieusement à côté de lui, une pensée s'imposa à lui : il comprit doucement que le calme qu'il recherchait n'était pas l'absence, mais la présence. Pour vraiment voir, il devait adoucir son regard et s'autoriser à être vu en retour.

C'est dans ce calme qu'il remarqua la lueur subtile de la dernière lumière de l'hiver : des rayons dorés glissaient sous les nuages, projetant une chaleur éphémère sur le froid. À cet instant, le monde extérieur reflétait sa révélation la plus intime : la croissance commence souvent dans le silence, dans la vulnérabilité, dans les moments où l'on affronte ses peurs et où l'on reconnaît enfin son propre reflet. Il tendit la main, un stylo à la main, tandis qu'une faible lueur scintillait dans ses yeux. Il était prêt à capturer non seulement le paysage, mais aussi l'éveil en lui-même.

12
Détermination

L'air vif de l'hiver à Annecy était teinté d'un sentiment de changement imminent, reflétant la tension entre Brigitte et Mustapha. Alors qu'ils marchaient côte à côte dans les rues enneigées, le crissement de leurs pas résonnait autour d'eux, brisant le silence pesant qui régnait depuis l'annonce des projets d'Antoine pour la station. Brigitte serra son écharpe, le cœur battant la chamade.

« Tu peux croire ça ? » demanda-t-elle d'une voix à peine plus forte qu'un murmure. « Il veut raser La Vie Douce. »

Mustapha lui jeta un coup d'œil, ses yeux sombres scrutant son visage, cherchant les mots justes.

« Il ne s'agit pas juste de l'auberge, n'est-ce pas ? » dit-il lentement, avec empathie. Il savait, d'une manière ou d'une autre, que pour Brigitte, l'héritage de sa grand-mère n'était pas seulement constitué de briques et de mortier ; il incarnait la chaleur, l'amour et l'essence même de son identité. « C'est ce que cela représente pour toi. »

Brigitte fit une pause, son souffle se mêlant à l'odeur persistante des pins et du pain chaud provenant d'une boulangerie voisine, dans l'air glacial.

« C'est chez moi », répondit-elle, la voix légèrement brisée. « C'est le seul endroit où je me suis toujours sentie ancrée. » Elle se tourna vers lui, le regard déterminé. « Je ne peux pas le laisser me l'enlever. »

« Tu n'auras pas à le faire », lui assura-t-il, un doux sourire se dessinant sur ses lèvres. Mustapha admirait son esprit féroce et la façon dont sa détermination illuminait un environnement autrement gris.

« Nous trouverons un moyen de lutter contre cela. »

Les semaines se transformèrent en une série de réunions : les rassemblements communautaires murmuraient contre le charme suave d'Antoine et ses promesses de développement. Brigitte rallia ses amis, Sophie et Luc notamment, refusant de laisser la peur dicter l'avenir.

Ils se réunirent à la lueur des bougies dans l'auberge pour élaborer des stratégies et rallier les habitants de la ville à leur vision de la préservation de La Vie Douce. L'odeur des croissants fraîchement cuits de Luc se mêlait à leur sentiment commun d'avoir un but, transformant leurs discussions du désespoir à l'espoir.

« Nous devrions organiser un événement », suggéra Sophie un soir, en essuyant la farine sur ses mains. « Quelque chose qui rappellerait aux gens pourquoi cet endroit est important. »

Les rires se mêlaient au cliquetis des couverts, créant une énergie presque contagieuse dans la pièce. Brigitte s'appuya contre le vieux comptoir en bois.

« Un festival d'hiver. » Elle pouvait voir les images danser dans son esprit. L'idée était exaltante. « Nous pourrions mettre en avant les artistes locaux, faire de cet événement une célébration d'Annecy et de ce que nous sommes tous. »

Mustapha acquiesça, imaginant déjà comment il pourrait intégrer sa photographie à l'événement : chaque cliché une histoire, chaque histoire un battement de cœur de la communauté.

« Oui, faisons-en un événement qu'ils ne pourront ignorer. La beauté de cet endroit devrait parler plus fort que n'importe quel projet de développement. »

Cette nuit-là, alors que la neige tombait doucement dehors, Brigitte fut incapable de dormir. Elle se retournait sous les épaisses couvertures, l'esprit envahi par les projets imminents d'Antoine.

Au loin, le vent sifflait une mélodie envoûtante qui lui donnait envie de réconfort et de clarté. Enroulée dans ses bras, elle se demanda si elle avait la force de s'opposer à une idée aussi puissante. La lumière du matin s'infiltra par sa fenêtre, révélant un monde recouvert d'une nouvelle couche de neige.

Chaque flocon tombait avec une élégance raffinée, insufflant du courage à ses pensées. Aujourd'hui, elle avait un plan. Ils organiseraient le festival sur les canaux gelés, en plein cœur d'Annecy, et inviteraient tout le monde à se réunir pour célébrer leur ville, leur communauté et les innombrables souvenirs liés à La Vie Douce.

Alors qu'elle bravait le froid pour obtenir le soutien de la ville, chaque interaction lui semblait être un pas vers la chaleur de la solidarité. Elle se sentait animée par un sentiment d'utilité, sa voix était ferme et forte.

« Cette auberge a abrité des générations de chaleur, de joie et d'amour. Elle mérite d'être commémorée. »

Si certains visages restaient sceptiques, d'autres s'illuminaient devant sa passion. Mustapha, debout à ses côtés, lui insuffla une force renouvelée.

« Tu as le pouvoir de les inspirer, Brigitte », lui dit-il doucement, ses mots l'enveloppant de chaleur. « Tu dois juste y croire. »

Les jours passèrent et le festival approchait, dans un mélange d'excitation et de stress.

Le soir venu, ils décorèrent l'auberge avec des guirlandes lumineuses et des objets artisanaux faits maison, tandis que les rires rendaient l'atmosphère douce et accueillante. Mustapha prit des photos, capturant des éclats d'espoir dans chaque interaction, la façon dont Brigitte s'illuminait lorsqu'elle parlait de ses projets. Ensemble, ils avaient construit quelque chose : un sentiment de communauté naissant qui prenait vie au milieu des flocons de neige.

Mais, alors que l'espoir se concrétisait, des ombres se profilaient. Une rumeur se répandit dans la ville : Antoine prévoyait d'annoncer un « développement majeur » lors du festival. Le cœur de Brigitte se serra lorsque cette nouvelle s'insinua dans ses pensées comme un courant d'air froid.

Allaient-ils anéantir l'énergie qu'elle avait mis tant d'efforts à cultiver ? Les espoirs de sa communauté allaient-ils être anéantis comme de la neige sous une lourde botte ? La chaleur du festival contrastait fortement avec son anxiété grandissante.

Mustapha sentit le changement.

« Nous devons aborder ce sujet ; nous ne laisserons pas la peur ruiner tout ce que nous avons construit. » Son regard était vif et clair, animé par un mélange de détermination et d'attention. « Rassemblons tout le monde ce soir et rappelons-leur pourquoi ils sont là. »

Au cœur du festival, au milieu des lumières scintillantes et des rires, Brigitte se tenait devant la foule, les doigts fourmillant d'une énergie nerveuse. Le poids des regards pleins d'espoir de la communauté reposait sur elle.

« Ce soir, nous ne célébrons pas seulement notre foyer », commença-t-elle, tandis que les émotions vacillaient en elle comme les bougies derrière elle. « Nous sommes unis contre les menaces qui tentent de nous diviser. » Mais au fond d'elle, des ombres de doute commençaient à s'installer.

Et si sa voix faiblissait ? Et si les plans d'Antoine étouffaient le cœur même de son foyer ? Son courage s'épuisait, comme en témoignaient ses mains tremblantes, tandis que la nuit l'enveloppait d'un linceul d'incertitude et que le froid s'insinuait dans sa détermination.

« C'est notre maison », s'écria-t-elle, le cœur battant à tout rompre. « La Vie Douce, ce n'est pas juste des murs, c'est de l'amour et des souvenirs. »

Tandis qu'elle parlait, Mustapha s'avança, capturant chaque instant à travers son objectif, immortalisant la vulnérabilité et la force qui se déployaient dans la nuit hivernale. Alors que l'anticipation montait, le festival vibrait d'une énergie brute. Le cœur de Brigitte s'emballa, empli d'un mélange d'espoir et d'appréhension ; la confrontation imminente avec Antoine pesait lourdement sur eux.

La nuit se terminerait-elle par un murmure de leurs rêves ou par le poids écrasant de la réalité ? Dans le décor des lumières scintillantes et des flocons de neige tourbillonnants, ils ne pouvaient qu'affronter la vérité qui les attendait.

Dans la cuisine de La Vie Douce, l'odeur du beurre frais et de la cannelle flottait dans l'air, tandis que la douce lueur ambrée du petit poêle éclairait les mains de Brigitte qui pétrissait la pâte. Dehors, les flocons de neige tourbillonnaient paresseusement dans l'air calme d'Annecy, saupoudrant les vitres de motifs givrés semblables à de la dentelle délicate. L'auberge était plongée dans son silence hivernal habituel, mais l'esprit de Brigitte était tout sauf calme.

Son regard se fixa sur le grand livre posé sur la table en chêne usé, où figuraient des chiffres et des marges qu'elle avait vérifiés plus de fois qu'elle ne voulait l'admettre. L'offre d'Antoine était pliée à côté, impeccable et inflexible comme le monde gelé à l'extérieur. Une chance de se défaire du fardeau de l'auberge, d'échanger la solitude pesante contre quelque chose de plus facile, de plus prévisible.

Elle replia la lettre et la posa, le papier tremblant légèrement sous ses doigts. La voix de Sophie résonnait dans sa mémoire depuis ce matin-là. « Tu mérites mieux que des miettes, Brigitte. Il ne s'agit pas seulement de pain et de couvertures. Tu mérites quelque chose de complet, quelque chose de vrai. »

Ces mots éveillèrent en elle quelque chose de fragile, en même temps une promesse et une douleur.

Elle jeta un coup d'œil autour d'elle : le doux ronronnement du radiateur, le comptoir usé sur lequel Mémé lui avait appris à plier les croissants, les photos encadrées des hivers passés, accrochées de travers aux murs. C'était sa maison, oui, mais était-ce suffisant ? Ou n'était-ce pas plutôt une cage dorée qui l'empêchait de mener la vie qu'elle désirait vraiment ?

Le coup frappé à la porte la fit sursauter, rapide et inattendu. Elle essuya la farine sur ses paumes, puis sur son tablier, et ouvrit la porte. Mustapha était là, debout, son souffle formant de la buée dans l'air froid, le regard à la fois grave et doux.

« Tu as laissé ton sac photo », dit-il doucement en lui tendant la sangle en cuir usée.

Sa voix avait un poids tranquille, rappelant la confiance fragile qu'ils étaient en train de construire. Brigitte le prit, ses doigts effleurant les siens, provoquant une étincelle à la fois électrisante et terrifiante.

« Merci », murmura-t-elle.

Ils s'attardèrent, le silence entre eux se gonflant de mots non dits, de possibilités aussi fragiles que les flocons de neige fondant silencieusement sur le pas de la porte. À l'intérieur, les pensées de Brigitte tourbillonnaient. Les projets d'Antoine pour la station balnéaire menaçaient d'engloutir le village enchanté qu'elle aimait, et de transformer la paix actuelle en un avenir fait de centres commerciaux et de foules.

Pourtant, vendre signifiait se jeter dans l'inconnu, une vie sans routine, sans le réconfortant rituel des planchers grinçants de l'auberge et des histoires chuchotées. Opter pour la sécurité, c'était rester petite, étouffer les désirs agités qui se cachaient en elle. Mais, choisir l'authenticité, c'est-à-dire sa vérité, c'était tout risquer, y compris l'espoir fragile qui grandissait entre elle et Mustapha.

Ce soir-là, alors que l'auberge était plongée dans l'obscurité et que la lumière des bougies vacillait derrière les fenêtres givrées, Brigitte était assise près de la cheminée, son journal ouvert, mais intact. Elle regardait les volutes de vapeur s'élever de son thé, le parfum de la camomille se mêlant à la légère odeur de pin qui flottait à travers la fenêtre fissurée. Son cœur battait fort, le souvenir de ses propres mots la touchant profondément.

« Je fais du feu pour les autres. Quand est-ce que je me réchauffe ? » Oserait-elle être ce feu ? Un feu chaud et lumineux, brûlant d'une vérité féroce qui ne cède pas aux attentes des autres. Le bruit de pas à l'extérieur la fit sursauter et, dans la douce lueur, Mustapha entra, un sourire hésitant perçant sa réserve habituelle.

« Ici, l'hiver ne se contente pas de geler le sol, dit-il doucement. « Il gèle le temps, vous permettant de voir ce qui compte vraiment. »

Il soutint son regard, ferme et sans ciller. Brigitte retint son souffle.

Ce moment, brut et déchiqueté de possibilités, l'éloigna de la sécurité d'un choix bien rodé et la propulsa dans un espace où elle devait décider ce qui lui tenait le plus à cœur. La sécurité ou la vérité chaotique et imprévisible d'elle-même. Ses doigts s'enroulèrent autour des siens tandis que la neige murmurait contre les vitres, froide et implacable, faisant écho aux fissures de son cœur.

« Je ne veux plus vivre dans la médiocrité », murmura-t-elle. « Pas pour le confort. »

Mustapha lui sourit, une victoire silencieuse brillait dans ses yeux.

Dehors, le vent apportait la promesse du changement, soulevant la neige en de nouveaux motifs sur les rues gelées d'Annecy, une danse d'incertitude et d'espoir à laquelle Brigitte se sentait enfin assez courageuse pour se joindre.

L'air d'Annecy était lourd de silence tandis

que Mustapha se tenait au bord de la place pavée, son appareil photo pendu mollement dans la main. Le froid lui piquait la peau, mais une étrange chaleur l'envahit, comme si quelque chose de longtemps enfoui se réveillait. Pendant des mois, il avait évité le poids de l'appareil photo dont la poignée en cuir familière lui rappelait davantage ses rêves perdus qu'un outil de création.

À présent, sous le pâle soleil hivernal, l'appareil l'attirait à nouveau, lui murmurant des promesses de clarté dont il avait désespérément besoin. Son regard se posa sur la ville endormie, avec ses toits saupoudrés de neige légère et ses glaçons capturant des fragments de lumière comme des prismes brisés. Il y avait une pureté dans tout cela, une sérénité si totale qu'elle en était presque douloureuse.

« La beauté est partout », murmura-t-il doucement, sa voix se perdant dans la brise. Pourtant, malgré la poésie silencieuse de la scène, il hésita. La peur lui serrait la poitrine, une vague de doute accumulée au cours de l'année écoulée. Et s'il avait oublié comment voir ? Et si l'objectif ne capturait plus le monde comme avant ? Une rafale froide poussa un flocon de neige égaré sur son visage, vif et fugace.

Il frissonna et, l'espace d'un instant, il se souvint de la dernière fois où il avait appuyé sur le déclencheur : sur cette même place, des années auparavant, alors que la ville bourdonnait sous ses pieds et qu'il se sentait invincible derrière son appareil photo. Ses doigts picotaient de désir. "Allez," murmura-t-il d'une voix rauque.

Il leva lentement l'appareil photo, hésitant, comme si ce simple geste risquait de briser une partie fragile de son âme qu'il n'était pas prêt à affronter. Et pourtant, quelque chose le poussait à aller de l'avant ; peut-être était-ce cette supplication tacite que nous portons tous en nous : retrouver ce que nous avons perdu. Il ajusta l'objectif, et le clic familier résonna trop fort dans le calme du matin.

Malgré son apparence calme, son cœur battait fort, chaque battement lui rappelant à quel point il s'était protégé de lui-même. Son regard balaya la scène à la recherche du moment le plus authentique. Au fond de lui, il sentait que capturer le silence de cet hiver pourrait révéler plus qu'une simple photographie ; cela pourrait déterrer une partie de lui-même qu'il avait enfouie sous des couches de cynisme et de peur.

Avec hésitation, il appuya sur le déclencheur. Les images défilèrent dans le viseur, chacune capturant un aperçu du monde immobile et intact qui l'entourait, et peut-être, juste peut-être, un aperçu du courage qu'il craignait de mobiliser. L'acte lui semblait magnétique, presque addictif.

Les clics de l'obturateur devinrent un rythme qui résonnait doucement dans son esprit, comme un battement de cœur qui ressuscitait les souvenirs de l'homme qu'il avait été autrefois. Alors qu'il baissait l'appareil photo, il se surprit à fixer la petite boîte noire, comme s'il la mettait au défi de contenir la vérité. Il hésita, puis se rappela que c'était plus qu'un acte de création.

C'était la reconquête de quelque chose d'essentiel. Un pas, murmura-t-il, la voix désormais plus assurée. Puis un autre.

Le froid n'était plus un obstacle, mais une épreuve de sa détermination. Les mains tremblantes, il appuya à nouveau sur le déclencheur dont le clic résonna dans le silence hivernal, comme un acte de rébellion silencieux contre les ombres qui le hantaient depuis trop longtemps. À cet instant, tout en lui changea.

La peur qui avait autrefois paralysé son esprit laissait graduellement place à la détermination. Elle était petite, hésitante, voire vulnérable, mais indéniable. Peut-être que l'appareil photo n'était qu'un symbole, un pont vers une part de lui-même qu'il croyait disparue.

Alors que la neige tombait doucement autour de lui, il sentit une lueur d'espoir s'allumer en lui, ainsi qu'une reconnaissance silencieuse : pour vraiment voir le monde, il fallait parfois trouver le courage de regarder à nouveau à travers l'objectif. Et peut-être commencerait-il enfin à se voir plus clairement que jamais auparavant.

13
Communauté

Au cœur d'Annecy, les murmures de l'hiver apportaient le rythme des traditions et des festivités communautaires. Brigitte regardait les flocons de neige virevolter dans la lumière pâle, tourbillonnant comme des confettis, tandis que l'odeur alléchante des pains au chocolat fraîchement cuits flottait dans les rues. Chaque année, en décembre, les habitants transformaient la place accueillante en une carte postale vivante, ornée de lumières scintillantes et de guirlandes de sapin.

Alors qu'elle ajustait un ruban sur la couronne festive de son auberge, elle sentit une présence douce à ses côtés.

« Tu as le don de créer de la magie », remarqua Mustapha, son souffle visible dans l'air glacial.

Ce moment semblait être un pont entre eux, chargé de mots non dits, tandis que les cris des vendeurs résonnaient en arrière-plan, attirant les habitants avec leurs boissons chaudes et leurs pâtisseries délicates.

« C'est juste La Vie Douce », répondit Brigitte en repoussant une mèche de cheveux derrière son oreille, les joues rougies par le compliment. « Mais ici, chaque détail compte. Il s'agit de faire en sorte que les gens se sentent chez eux. »

Mustapha l'observait, intrigué par sa passion, une flamme vacillante dans le froid, à l'image des bougies qui scintillaient contre les vitres givrées. À mesure que le jour laissait place au soir, la place s'animait : des familles et des amis partageaient rires et chaleur, tandis que le festival annuel débutait au son des cloches. Les enfants couraient dans tous les sens, leurs rires résonnant dans l'air glacial, pendant que les musiciens jouaient des airs joyeux à proximité.

Des flocons de neige scintillants se posaient sur leurs joues rougies, ornées d'écharpes et de mitaines colorées, comme pour accueillir l'esprit festif. Brigitte ressentit le frisson de la communauté la traverser. C'était un moment où les étrangers devenaient des amis et où la chaleur l'emportait sur le froid hivernal.

La neige se mit à tomber plus fort, recouvrant la place d'un doux manteau blanc, tandis que les lumières festives scintillaient au-dessus. Les écrivains et les conteurs prirent place sur la petite scène installée dans un coin et partagèrent des histoires imprégnées de traditions locales, qui imprègnent les os de ceux qui les écoutent. Mustapha sentit la créativité revenir en lui, ravivant cette étincelle longtemps endormie, tandis que les yeux de Brigitte s'écarquillaient d'émerveillement, les histoires l'enveloppant comme de vieux amis.

« Tu te souviens que chaque histoire contient un grain de vérité ? » demanda-t-elle doucement, alors qu'ils s'appuyaient contre une balustrade surplombant la place. « Comme la façon dont nous continuons à trouver nos histoires tissées dans cette étreinte hivernale. »

Ses mots restèrent suspendus entre eux, laissant place à un silence plein de possibilités. Mustapha la regarda, le cœur battant sous le regard de Brigitte, se demandant si cette connexion n'était qu'un moment fugace dans la grande histoire de la vie ou le début de quelque chose de plus profond. Sous le charme du festival, ils se laissèrent attirer par l'arôme riche et fumant du vin chaud.

La chaleur des épices dansait dans l'air, remplissant leurs poumons d'un sentiment de réconfort. Tout en sirotant leur boisson, Mustapha partagea des bribes de sa vie à Paris, choisissant soigneusement ses mots pour ne pas se dévoiler. À chaque histoire qui sortait de sa bouche, il sentait les barrières tomber et Brigitte, avec son rire chaleureux, devenait sa complice dans ses aventures passées.

Alors qu'un danseur de feu virevoltait au milieu de la foule, projetant des ombres vacillantes sur les visages émerveillés, une acclamation soudaine retentit. Brigitte leva les yeux vers le ciel en réponse à ce bruit, admirant les feux d'artifice qui éclataient au-dessus de leurs têtes, comme une tapisserie de couleurs explosant dans la nuit. Elle se tourna vers

Mustapha, le cœur battant, autant terrifiée que ravie.

« Qu'attendons-nous ? » demanda-t-elle avec audace. Sans réfléchir, elle lui saisit la main et l'entraîna à travers la foule, vers le centre de la célébration jubilatoire. Leurs doigts s'entrelacèrent, scellant un lien à la fois exaltant et effrayant.

Mais à ce moment-là, la foule s'agita soudainement lorsque Antoine s'avança, projetant une ombre sur leur instant.

« Nous devons parler de l'auberge », continua-t-il, sa voix couvrant les acclamations. Les rires et les célébrations s'arrêtèrent, la tension s'épaississant dans l'air.

« Nous devons parler de l'auberge », continua-t-il, les yeux passant rapidement d'elle à Mustapha.

Un frisson parcourut Brigitte, menaçant d'éteindre l'espoir naissant qui l'animait. Mustapha resserra son étreinte, un instinct protecteur enflammant sa détermination.

Autour d'eux, les lumières s'estompèrent tandis que la fête et l'attention se fondaient en un instant suffisamment important pour tout changer. Avec la communauté qui les entourait et célébrait la vie de chacun d'entre eux, les enjeux semblaient soudain plus importants. La chaleur des festivités la maintiendrait-elle attachée à la vie qu'elle connaissait ou la pousserait-elle à affronter les choix qui s'offraient à elle ?

À cet instant, sous la cascade de couleurs et la chaleur vacillante de leurs mains entrelacées, Brigitte et Mustapha furent confrontés à une vérité intimidante : les liens communautaires étaient aussi étroitement liés que les fils de leur propre vie, fragiles, mais précieux.

La neige s'était déposée en un doux silence sur Annecy lorsque Sophie serra son bonnet de laine contre le froid mordant.

« Tu es restée enfermée assez longtemps, Brigitte », dit-elle en ouvrant la porte de La Vie Douce, laissant apparaître des fenêtres givrées illuminées par la lueur des bougies. Son souffle formait de petits nuages blancs lorsqu'elle entra, les joues rougies, les yeux vifs, avec ce mélange familier d'espièglerie et d'inquiétude.

La présence de Sophie n'était jamais seulement une compagnie ; c'était un lien, un rappel que Brigitte n'était pas seule dans la douleur silencieuse qu'elle portait en elle. Luc avait cuisiné toute la matinée.

« Tu devrais venir sentir ce qui vit dans ce four, une chaleur que tu ne peux pas obtenir avec un radiateur. »

Cette invitation n'était pas anodine, mais une

supplication tacite de dépasser les murs que Brigitte avait érigés autour d'elle. Luc Dubois attendait près du comptoir de la cuisine, les mains saupoudrées de farine comme de la neige fraîche. Son rire emplissait la pièce, facile et riche comme l'odeur de cannelle qui flottait dans l'air.

« Tu nous manques à la table de la boulangerie », dit-il en tendant une tasse de cidre fumant à Sophie.

Lorsque Brigitte hésita, l'homme plus âgé la fixa d'un regard chaleureux, le genre de regard qui reflétait des décennies de sagesse provinciale enveloppée dans une douce taquinerie.

« Un feu est fait pour être partagé, ma fille. Pas pour être recouvert d'une couverture, tout seul. »

La boulangerie de Luc était un sanctuaire aux rythmes réguliers — le pétrissage, la levée, les croûtes dorées — et dans ces gestes familiers, Brigitte trouva un soulagement à sa douleur, même si ce n'était que pour un instant.

Pendant ce temps, loin du confort rustique de l'auberge et de la boulangerie, Claire Fontaine arpentait les couloirs étroits de son élégant bureau parisien, son téléphone collé à l'oreille, la voix basse, mais pressante.

« Mustapha, tu dois te rappeler pourquoi tu

t'es lancé dans cette aventure. Ce n'est pas juste une question d'argent. Tu te dois de mener ce projet à bien. »

Le ton de Claire alliait une rigueur professionnelle à une attention discrète, du genre à briser la distance que Mustapha s'était imposée. Il l'écoutait sans répondre ; sa présence était un point d'ancrage solide qui le ramenait à la vie qu'il essayait de fuir. Elle était le fil qui reliait son ambition passée à sa confusion actuelle, un rappel concret que certaines batailles devaient être menées, même dans le calme glacial d'Annecy.

Plus tard, à La Vie Douce, Brigitte se retrouva blottie contre Sophie qui riait chaleureusement, toutes deux assises près du feu.

« Tu te caches derrière ton obstination comme si c'était un bouclier, mais même les boucliers se fissurent, tu sais », dit Sophie d'une voix plus douce et plus intime.

Le regard de Brigitte se posa sur les flammes vacillantes, dont les ombres dansaient sur les poutres en bois usées.

« Peut-être que je crains ce qui m'attend si je ne le fais pas. »

Les mots flottaient entre elles, fragiles comme le givre sur une vitre. Sophie se pencha et repoussa une mèche de cheveux égarée.

« Alors, nous y ferons face ensemble. Personne ne te demande de le faire seule. »

La promesse flottait dans l'air, plus dense que la neige tourbillonnante à l'extérieur, et enveloppa Brigitte comme un espoir murmuré.

Non loin de là, Luc rompait le silence avec des histoires d'hivers passés, des récits tissés autour de miches de pain et de généreuses noisettes de beurre. Sa voix, un bourdonnement régulier, contrastait avec la douleur grandissante de l'incertitude qui planait sur l'auberge.

« La communauté est un feu qui couve lentement », dit-il un soir, les yeux brillants. « Il ne s'agit pas de se précipiter ou de faire de grands gestes, mais de rester au chaud assez longtemps pour voir le soleil à travers la neige. »

Brigitte absorba ses paroles en silence, imaginant sa vie comme l'un des pains au levain de Luc : patiente, intentionnelle, attendant le bon moment pour lever pleinement. Dans la douce lumière de la cuisine, entourée des odeurs familières de la levure et des épices, le poids qui pesait sur son cœur lui sembla momentanément plus léger.

Pendant ce temps, dans un coin du hall animé de l'auberge, Claire observait Mustapha, partagée entre inquiétude et compréhension.

Son appareil photo était posé là, intact, le

cache de l'objectif toujours en place ; ses yeux, autrefois brillants d'une flamme créative, étaient désormais assombris par les détritus d'une âme usée.

« Tu n'as pas à porter tout ce poids tout seul », murmura-t-elle en marchant à ses côtés. « Les délais, les doutes, tout.»

Mustapha hésita, le poids du silence pesant entre eux, avant d'acquiescer d'un signe de tête discret, mais sincère.

C'était la première fissure dans l'armure qu'il entretenait si soigneusement, un geste aussi délicat que le givre dessinant des motifs sur les canaux gelés d'Annecy, à l'extérieur.

Un après-midi enneigé, Sophie emmena Brigitte dehors ; leurs bottes crissaient dans la poudreuse fraîche.

« Tu ne peux pas guérir le monde si tu ne laisses pas entrer un peu de lumière », dit-elle, les yeux fixes sous son écharpe.

Brigitte s'arrêta, le froid lui mordant la peau, mais dissipant aussi le brouillard qui obscurcissait ses pensées.

« Peut-être est-il temps », murmura-t-elle en levant les yeux vers le ciel pâle de l'hiver, où un soleil blafard filtrait faiblement à travers les nuages.

Ce n'était pas une déclaration, mais le début d'un changement impulsé par des amis qui refusaient de la laisser battre en retraite seule. De retour à l'auberge, Luc pétrissait la pâte avec une intensité calme qui recelait un sens tacite.

Brigitte l'observait, apaisée par le rythme : chaque pli était un acte silencieux de création et d'attention. Luc leva les yeux et croisa son regard.

« Souviens-toi, dit-il doucement, les meilleures recettes sont souvent celles qui prennent du temps. Il n'est pas nécessaire de tout comprendre immédiatement. »

Ces mots s'installèrent dans l'air doux qui les entourait, aussi réconfortants et certains que la chaleur qui se dégageait du poêle. Pour Brigitte, ce n'était pas juste un conseil de pâtisserie, c'était une bouée de sauvetage, un rappel que la patience pouvait transformer les espoirs les plus fragiles en quelque chose de réel.

Alors que le crépuscule laissait place à la nuit et que la neige tombait sans discontinuer dehors, Claire se retrouva assise tranquillement à côté de Mustapha, le petit feu crépitant projetant des ombres ambrées dans la pièce.

« Tu as perdu quelque chose de précieux, dit Claire doucement, mais cela ne signifie pas que c'est perdu pour toujours. »

Les yeux de Mustapha rencontrèrent les siens, aussi interrogateurs que méfiants.

« Je ne sais pas si je suis le même homme qui voyait autrefois la beauté », admit-il.

Elle posa doucement sa main sur son épaule, apportant une présence rassurante.

« Peut-être est-il temps de trouver une nouvelle façon de voir les choses. »

Le moment était silencieux, mais lourd, fragile comme les glaçons suspendus aux toits d'Annecy, menaçant de tomber, mais s'accrochant encore.

Cette nuit-là, après que l'auberge se fut calmée et que la neige eut étouffé tous les bruits, Brigitte s'assit à la fenêtre et regarda les lampadaires projeter des halos dorés sur le monde blanc à l'extérieur. Son journal était ouvert, mais le stylo flottait dans une immobilité hésitante.

Le rire de Sophie, la chaleur constante de Luc, le soutien indéfectible de Claire... Tout cela résonnait doucement dans son esprit, tissant les fils de sa détermination. Derrière la vitre givrée, Mustapha luttait contre ses propres démons, lié à eux tous par des fils invisibles d'espoir et de gentillesse. La petite ville respirait autour d'eux, animée par des encouragements chuchotés et la promesse que personne n'aurait à affronter le froid seul.

Cependant, alors que le vent balayait les rues pavées étroites, un malaise persistant s'installa dans la poitrine de Brigitte, lui rappelant que même les liens les plus solides pouvaient être mis à l'épreuve par la tempête qui se profilait.

La neige tombait sans relâche ce matin-là, recouvrant Annecy d'un manteau blanc silencieux qui étouffait tous les sons. Brigitte sortit de son auberge, ses bottes crissant doucement sur les pavés glacés, et observa la danse délicate des flocons de neige tourbillonnant dans l'air vif. Elle aperçut Mustapha de l'autre côté de la place, légèrement recroquevillé contre le froid, son appareil photo en bandoulière, les yeux rivés sur le viseur à la recherche d'un instant de beauté cachée.

Leurs chemins s'étaient croisés de manière fortuite, mais significative, lors d'une rencontre imprévue dans la neige, un secret partagé qui était resté gravé dans leur mémoire. Pendant un instant, elle se demanda s'il ressentait la même étincelle silencieuse, ce changement subtil qui les rapprochait chaque jour un peu plus.

À l'intérieur de La Vie Douce, la chaleur les enveloppa comme une vieille amie.

La lueur tamisée des bougies vacillait derrière les fenêtres recouvertes de givre, projetant de douces ombres sur les poutres en bois rustiques. Brigitte avait aménagé un petit coin dans la pièce principale — son carnet de croquis, une tasse de café et un bol de biscuits au gingembre —, prête à vivre des moments comme celui-ci. Alors qu'il hésitait à la porte, elle lui adressa un petit sourire, l'invitant silencieusement à entrer pour se réchauffer.

« On dirait que tu as encore pourchassé la lumière », dit-elle doucement, sa voix se confondant presque avec le crépitement du feu.

Leurs regards se croisèrent, un accord tacite passa entre eux, puis il acquiesça, entra et secoua la neige de son manteau.

Au fil de ces jours tranquilles, leurs moments partagés s'approfondirent, de petits projets se transformant en instants de confiance. L'auberge de Brigitte, qui était traditionnellement un refuge pour les voyageurs, devint un espace créatif pour Mustapha. Il avait apporté son appareil photo, mais au lieu de se contenter de capturer des paysages, il se laissa attirer par la manière subtile dont les routines de Brigitte révélaient sa force tranquille.

Ensemble, ils réalisèrent une fresque murale sur le vieux mur de pierre à côté de l'auberge, les coups de pinceau et les déclenchements de l'appareil photo se mêlant dans le silence.

Un soir, alors qu'ils travaillaient, elle leva les yeux et l'aperçut, la neige accrochée à ses cils. Elle lui murmura :

« Tu vois la beauté d'une manière si différente ici. Je me demande ce que tu vois dans le silence. »

Il fit une pause, sa voix à peine plus forte qu'un murmure : « Peut-être que j'apprends à écouter. »

Au fil de ces moments partagés, les barrières qui protégeaient autrefois leurs cœurs commencèrent à s'adoucir. Toutefois, sous la surface, des doutes et des craintes rôdaient, attendant le moment propice pour resurgir, créant ainsi un courant sous-jacent de tension que personne n'osait encore exprimer.

14
Tournant décisif

Brigitte se tenait près de la fenêtre givrée de La Vie Douce, son souffle embuant la vitre. Dehors, la neige tombait doucement, recouvrant le monde d'un silence serein. Chaque flocon qui flottait semblait porter les murmures de l'avenir, un avenir qui la terrifiait et l'intriguait à la fois.

Cela faisait des semaines que Mustapha était arrivé à Annecy, des semaines qu'elle voyait les ombres de son propre cœur se refléter dans ses yeux. Que voulait-elle ? Qu'espérait-elle ?

« Tu es encore perdue dans tes pensées », taquina Sophie en entrant dans la pièce avec un panier de croissants tout juste sortis du four. L'arôme chaud et sucré embaumait l'air, enveloppant Brigitte comme un châle douillet.

Brigitte se tourna vers son amie, un sourire timide se dessinant sur ses lèvres.

« C'est la neige, je pense. Elle rend tout si... » Sophie haussa un sourcil, passant instantanément d'un ton taquin à un ton sérieux.

« Tu évites d'aborder le sujet avec Mustapha, n'est-ce pas ? Tu as le béguin pour lui, je le sais. »

Brigitte hésita, sentant une chaleur familière monter à ses joues.

« Ce n'est pas si simple, Sophie. Il a ses propres démons. J'ai peur de le repousser. »

Dehors, le village d'Annecy scintillait sous son

délicat manteau blanc ; les canaux gelés avaient perdu leur doux clapotis habituel, remplacé par un silence inquiétant. Chaque silhouette semblait receler un secret, et le cœur de Brigitte s'accéléra.

« Vas-tu rester dans ta petite bulle sécurisante pour toujours ? » demanda Sophie, les yeux pétillants de malice. « Ou vas-tu te laisser aller à ressentir la chaleur de quelque chose de réel ? »

Brigitte déglutit pour faire passer la boule qui lui serrait la gorge.

« Il ne s'agit pas seulement de moi », murmura-t-elle, tandis que les souvenirs des mains tendres et du rire doux de sa grand-mère envahissaient son esprit. « Et si je m'ouvre et que je souffre ? Et s'il me quitte ? J'ai vu trop de pertes. »

« Et tu penses que te cacher te sauvera », insista Sophie d'une voix sincère. « Tu as des rêves, Brigitte. Cette auberge, ta vie ici, ne doivent pas nécessairement être une cage. »

Les mots restèrent suspendus entre elles, lourds et pleins d'espoir.

Brigitte songea à Mustapha, à la façon dont il observait le monde à travers son appareil photo, comme s'il capturait des fragments de beauté depuis longtemps oubliés. Sa présence avait réveillé en elle quelque chose qu'elle croyait éteint.

Ce soir-là, le monde extérieur était plongé dans l'ombre, mais Brigitte sentait une lueur d'espoir naître en elle.

Elle s'enveloppa dans le vieux châle de sa grand-mère, puis descendit dans la salle commune confortable de l'auberge où le feu crépitait de manière invitante. Mustapha était assis près de la cheminée, son appareil photo posé à côté de lui, perdu dans ses pensées.

« Trouves-tu l'inspiration ? » demanda Brigitte, d'une voix calme, mais le cœur battant.

Il lui jeta un coup d'œil, ses yeux sombres reflétant un mystère qu'elle rêvait de percer.

« Plus que je ne l'aurais imaginé », répondit-il, ses mots lourds de sens. Brigitte pouvait sentir la tension palpable, comme la neige avant une avalanche, en attente, prête à tout changer. « J'ai pensé à capturer l'essence de cette saison, en toute sincérité. » Il fit une pause, le poids du moment courbant ses traits magnifiquement dessinés. « Ce qui est vraiment beau, je m'en rends compte, c'est le lien qui nous unit, même lorsque le silence nous entoure. »

Elle retint son souffle en faisant un pas vers lui ; la distance entre eux se réduisit comme l'écart entre le jour et la nuit, ne laissant que la chaleur de leur espace commun.

« Mustapha, je... », commença-t-elle, désespérée de combler le silence qui semblait bourdonner d'un désir anticipé.

Mais à ce moment-là, un coup bruyant retentit dans l'auberge, brisant cet instant.

« Qui cela peut-il bien être ? » murmura Brigitte, le cœur battant à tout rompre à cause de cette interruption.

Mustapha se leva, une lueur d'agacement traversant ses traits, et se dirigea vers la porte. L'instant qu'ils avaient failli partager semblait suspendu dans l'air, crépitant d'une tension non résolue. Brigitte le suivit avec hésitation, le cœur battant, essayant de se défaire de la sensation que quelque chose venait de lui échapper.

Lorsque Mustapha ouvrit la porte, un vent glacial s'engouffra dans la pièce, accompagné d'Antoine, le visage rougi par le froid, mais toujours aussi charismatique.

« Je suis venu discuter des projets pour l'auberge », s'exclama-t-il, presque exubérant. « Ce paysage hivernal féerique que vous avez créé correspond parfaitement à ma vision. »

Brigitte se figea, sentant la chaleur de sa connexion avec Mustapha s'estomper, une ombre venant assombrir ce moment délicat. Les paroles d'Antoine contrastaient trop fortement avec la douceur tranquille qui les avait unis.

« Cet endroit est spécial. Il mérite d'être chéri, pas commercialisé, » répliqua Mustapha, les sourcils froncés par la tension.

« Oh, voyons », répondit Antoine, sans perdre son sourire. « Ne pensez-vous pas qu'un grand complexe hôtelier redynamiserait cette communauté ? Cela apporterait plus de vie à votre charmante auberge. »

Brigitte se sentait déchirée, partagée entre le regard intense de Mustapha et l'enthousiasme débordant d'Antoine. Que voulait-elle : une vie confortable ou une vie qui ait du sens ? La question pesait lourd, comme le poids de la neige prête à tomber d'une branche.

« Il ne s'agit pas seulement d'affaires », s'écria-t-elle, se surprenant elle-même. « Il s'agit de cœur, de préserver ce que nous avons ici. »

Le feu crépitait, reflétant la chaleur de son indignation. Un silence palpable envahit la pièce tandis que Mustapha se détendait légèrement, une admiration vacillante dans le regard. Antoine gloussa, interprétant à tort sa passion comme de la naïveté.

« Vous vous en remettrez, Brigitte. Il est temps de voir plus loin. »

Il fit un signe d'adieu, laissant derrière lui un froid glacial. Mais Brigitte sentit comme une nouvelle flamme s'allumer en elle, une flamme qui demandait à être nourrie.

Une fois Antoine parti, la pièce semblait plus petite, plus intime. Mustapha s'approcha de Brigitte, et leurs souffles se mêlèrent dans la douce lueur des bougies.

« J'admire ton courage », dit-il doucement, une promesse flottant dans l'air. « Mais tu dois choisir. »

Et, à cet instant, alors que la neige tombait lentement derrière la fenêtre, Brigitte se tourna vers son propre cœur, tremblante, et comprit que l'avenir n'était pas un simple murmure, mais un appel aux armes.

Le matin, le froid mordant semblait aiguiser les contours mêmes du monde. Mustapha serra son pardessus autour de lui en sortant dans les rues étroites et pavées de la vieille ville d'Annecy. La ville était encore recouverte d'un manteau de neige fraîche qui scintillait faiblement sous le pâle soleil hivernal, projetant de longues ombres élancées sur les canaux gelés.

Il portait son sac photo avec la grâce que lui avait apportée l'habitude, la bandoulière usée contre son épaule. Ce jour-là, il ne s'agissait pas d'une séance photo ordinaire ; il portait le poids de tout ce qu'il avait évité jusqu'à présent : le regain de son inspiration créative et les murs invisibles autour de son cœur. Le ciel, une toile sourde de gris et de bleu, laissait entrevoir la lumière dont les artistes parlaient à voix basse : fugace, délicate, vivante.

À l'intérieur de La Vie Douce, Brigitte passa ses doigts sur la vitre givrée et regarda le givre fragile se dissoudre sous les premiers rayons du soleil. Les surfaces en bois usées de l'auberge craquaient sous ses mouvements, rappelant silencieusement les générations qui l'avaient précédée. Elle sentit un léger frémissement dans sa poitrine, un mélange d'anticipation et de crainte, comme si l'air hivernal lui murmurait un secret qu'elle était censée comprendre, mais qu'elle n'était pas tout à fait prête à accepter.

Son journal était ouvert sur la table, ses pages flottant doucement dans le courant d'air froid. Elle y avait souvent écrit des mots qui lui semblaient être des ponts fragiles entre la vie qu'elle menait et celle qu'elle imaginait. Aujourd'hui, ces espoirs inavoués lui semblaient soudainement urgents, sur le point de se transformer, à l'image de la douce lumière que Mustapha cherchait à capturer à travers son objectif.

Lorsque Mustapha arriva au bord du lac gelé, le monde était d'un calme douloureux. Le soleil bas dorait la glace d'une couleur dorée délicate, se reflétant dans des éclats qui se brisaient sous un mince voile de neige. Il s'accroupit, régla les paramètres de son appareil photo et tenta de capturer les reflets avant qu'ils ne se fondent dans le gris ordinaire de l'hiver.

Son souffle embuait l'air alors qu'il expirait lentement, et, pour une rare fois, son esprit se calma. Il songea à Brigitte, à sa chaleur inébranlable, à la façon dont elle créait des havres de paix tranquilles de ses mains, au milieu du froid extérieur. Ce contraste — son feu intérieur contre la rigueur de l'hiver — semblait palpiter dans la lumière elle-même.

Il cadra soigneusement la photo, le jeu doux des ombres et de la lumière reflétant quelque chose d'instable en lui. Ce n'était pas qu'une question de composition ou de technique ; c'était une tentative pour atteindre quelque chose de perdu et presque oublié. De retour à l'auberge, Brigitte prépara un déjeuner simple, dont les odeurs réconfortantes de pain frais et de cannelle se mêlaient dans l'air.

Sophie tournait autour, son éclat habituel tempéré par une tension inexprimée.

« Tu verras », dit Sophie en donnant un petit coup de coude à Brigitte. « Aujourd'hui, c'est différent. Quelque chose est en train de changer. »

Brigitte acquiesça, même si la boule qu'elle avait dans la gorge l'empêchait d'espérer. Elle enroula une écharpe autour de son cou, puis sortit. Le froid était vif, mais constant, et lui rappelait que le changement exigeait toujours une certaine forme de courage.

Leur cheminement avait été lent, ponctué de

regards hésitants, à la limite de la confession, de moments lourds de sens, mais restés inexprimés. En cette heure précise, saupoudrée d'or, la lumière hivernale semblait pourtant murmurer qu'il n'était plus possible de s'accrocher au passé.

Mustapha trouva Brigitte qui l'attendait près des marches de l'église, où la neige avait été déblayée pour laisser apparaître la pierre usée. Ses joues étaient roses à cause du froid et ses yeux brillaient sous les mèches de cheveux qui s'échappaient de son bonnet de laine. Il hésita, puis leva son appareil photo.

« Je peux ? » demanda-t-il doucement, la certitude habituelle dans sa voix tempérée par une certaine vulnérabilité.

Elle s'avança, l'invitation silencieuse entre eux comme un fil fragile. L'obturateur cliqua doucement, scellant un instant où la lumière et l'ombre s'entremêlaient, à l'image de leurs incertitudes entrelacées. Brigitte sentit sa respiration s'accélérer ; l'appareil photo semblait capturer à la fois son image et le frémissement d'un espoir longtemps enfoui.

Alors que l'après-midi touchait à sa fin, le soleil descendait, glissant derrière les collines argentées et projetant une lumière plus froide et bleutée sur tout. Mustapha baissa son appareil photo, soudainement conscient d'une tension en lui, un mélange d'anticipation et de peur, comme si révéler cette nouvelle lumière risquait de détruire tout ce qu'il avait travaillé à contenir. Brigitte s'approcha, ses doigts effleurant sa manche, sans prononcer un mot.

Autour d'eux, le monde gelé retenait son souffle ; le silence hivernal d'Annecy enveloppait leur petit cercle comme de la dentelle.

« Marchons », murmura-t-elle, les yeux plongés dans les siens. Il acquiesça, un léger sourire se dessinant sur ses lèvres, la première véritable marque de chaleur entre eux depuis longtemps.

Sans un mot, ils se dirigèrent vers le bord du lac où la glace scintillait sous les derniers rayons dorés du soleil. Mustapha s'agenouilla une fois de plus, l'appareil photo bien stable entre les mains, mais son regard se leva pour croiser celui de Brigitte. Ici, dans cette étendue tranquille, la distance entre eux s'était réduite ; les contours nets du passé avaient été adoucis par la neige et la vérité qu'ils connaissaient tous les deux, mais qu'ils n'avaient pas osé exprimer.

La photographie ne consistait plus seulement à capturer la beauté de l'hiver ; il s'agissait d'embrasser la lumière fragile et perçante de leur histoire commune. Dans cet instant intime, sous le gel, l'obturateur se déclencha à nouveau, scellant un nouveau départ sous le ciel intemporel d'Annecy.

Ce soir-là, la neige tombait doucement, douce et incessante, étouffant le monde à l'extérieur des fenêtres de La Vie Douce. Brigitte était assise près de la cheminée, son journal ouvert sur ses genoux, et la flamme vacillante projetait des ombres qui dansaient sur les pages. Son stylo hésitait tandis qu'elle repassait dans son esprit les moments de désir incontrôlé qu'elle avait enfouis au fil des ans, petits fragments d'espoir et de regret nichés dans les recoins de son cœur.

Elle avait appris à construire des murs, couche après couche, brique après brique, convaincue que se protéger signifiait rester en sécurité. Pourtant, alors qu'elle fixait la lueur ambrée, une voix intérieure lui murmurait que le plus grand danger était parfois de s'accrocher trop fermement à ce qui ne lui servait plus. De l'autre côté de la pièce, Mustapha hésitait devant le salon bondé de l'auberge, écoutant les rires étouffés et les conversations qui provenaient de l'intérieur.

Ses mains s'agrippaient à son sac photo, un poids familier qui lui semblait soudain plus lourd que l'air froid de l'hiver. Les souvenirs de Paris le hantaient, non seulement ceux de ses succès passés, mais également ceux des peurs tacites qui se cachaient derrière ses photographies raffinées : les doutes, les moments qu'il refusait d'affronter.

À Annecy, entouré de toits enneigés et de lacs silencieux, la chaleur des conversations ordinaires l'attirait, mais il hésitait.Oserait-il abandonner le sang-froid qui était devenu une seconde nature ? La vulnérabilité lui coûterait-elle tout ou bien le libérerait-elle enfin ? Son regard se posa sur la fenêtre givrée où les ombres vacillaient, semblables aux fantômes de ses propres inhibitions.

Brigitte se dit que l'amour était un choix discret qui impliquait de risquer une partie de soi-même pour l'espoir d'une connexion incertaine. Son esprit dériva vers son journal, ces lettres secrètes griffonnées dans les marges, ces mots remplis d'un désir qu'elle n'avait jamais exprimé à voix haute. L'amour était devenu une douce douleur, un souhait qui palpitait derrière ses côtes, fragile et hésitant.

Elle se souvenait de la voix apaisante et sage de sa grand-mère, qui lui disait que l'amour se trouvait dans les petits gestes : la façon dont elle remuait la pâte, versait le thé ou écoutait sans juger. Mais l'amour exigeait aussi de la vulnérabilité, de faire suffisamment confiance à quelqu'un pour lui montrer les failles de son armure. Était-elle prête à abandonner ses défenses, à s'aventurer dans l'inconnu et à risquer à nouveau d'avoir le cœur brisé ? Ou bien était-elle condamnée à continuer de construire des murs de plus en plus solides à chaque hiver qui passait ?

Pendant ce temps, Mustapha regardait une photo prise avec son appareil : les détails nets des flocons de neige capturés dans la faible lumière du soleil, chacun d'entre eux étant un instant figé dans le temps. Il était venu ici à la recherche du silence et de la clarté, mais son esprit était agité.

Les façades lisses et les relations superficielles de la ville l'avaient épuisé ; il aspirait à une authenticité brute, à quelque chose qui ne soit pas dilué par l'ego ou les attentes. Pour la première fois depuis des années, il se demandait si son art pouvait trouver une nouvelle vie dans ce paysage givré, s'il pouvait se permettre d'être suffisamment vulnérable pour exprimer les sentiments qui se cachaient sous son apparence froide. Peut-être, se rendit-il compte, n'était-ce pas seulement le paysage qui avait besoin d'être capturé.

Peut-être avait-il besoin de se capturer lui-même, ces parties de lui qu'il avait longtemps ignorées ou enfouies sous des couches de cynisme. Cette pensée lui noua l'estomac et fit naître en lui un étrange élan d'espoir, faible mais persistant. Alors que la nuit s'intensifiait, le silence de l'auberge était chargé de vérités tacites.

Brigitte referma doucement son journal, les doigts tremblants, en songeant aux barrières qu'elle avait érigées autour de son cœur. Chaque couche de protection qu'elle avait construite était un bouclier, certes, mais aussi une prison. Combien de fois avait-elle chuchoté des secrets à sa plume, craignant de les laisser respirer à la lumière du jour ?

Son instinct lui dictait de battre en retraite, de se cacher derrière des routines familières, mais quelque chose en elle la poussait à rester, juste un peu plus longtemps, pour voir où sa vulnérabilité pourrait la mener.

De l'autre côté de la pièce, Mustapha fit un pas en avant, comme tiré par un fil invisible. Sa voix, basse et incertaine, rompit le silence :

« Brigitte, j'ai tellement l'habitude de tout voir à travers un objectif, comme si tout était parfait ou à rejeter. Mais je me demande... Et si je me laissais ressentir ce que je vois ? Et si j'arrêtais de me protéger des ombres ? »

Ses mots flottaient dans l'air, bruts et sans filtre, confrontant leurs peurs et la possibilité d'une authenticité nouvelle.

À ce moment-là, l'hiver dehors se rapprochait, murmurant des secrets que seule la neige pouvait garder. Brigitte leva les yeux et croisa son regard, un mélange de surprise et d'espoir prudent se lisant sur son visage. Sa poitrine ressentait le poids de ses années de désir inexprimé, et elle se sentait soudain vulnérable et réelle.

Pouvait-elle se permettre d'entrer dans cette vulnérabilité qui lui avait toujours semblé hors de portée ? Ou bien ses anciennes blessures, soigneusement enfouies dans son âme, l'empêcheraient-elles de tout risquer pour l'amour ?

Pour la première fois, elle entendit les battements de son propre cœur, non pas le rythme régulier de la routine, mais un rythme hésitant qui reflétait son éveil.

Alors que les yeux de Mustapha cherchaient les siens, elle comprit que choisir d'embrasser la vulnérabilité était peut-être la seule façon de choisir vraiment l'amour. Et dans ce moment calme, recouvert de neige, quelque part au plus profond d'eux-mêmes, ils comprirent tous deux que la tempête du changement avait déjà commencé, qu'ils le voulaient ou non.

15
Une nouvelle aube à Annecy

Brigitte se tenait à la fenêtre de La Vie Douce, regardant les flocons de neige tomber comme des murmures d'un ciel argenté. Le monde extérieur était enveloppé d'un calme doux, mais en elle, une tempête de pensées et de sentiments tourbillonnait de manière chaotique. Elle effleura le verre givré du bout de ses doigts délicats, traçant les motifs complexes laissés par le froid hivernal.

Chaque ligne semblait refléter son paysage intérieur : une tapisserie de souhaits, de peurs et d'espoirs entremêlés, attendant de s'épanouir en quelque chose de tangible. « Pourquoi est-ce que je me protège de la chaleur ? » se demanda-t-elle à voix haute, son souffle embuant momentanément la vitre avant de se dissiper. « Chaque fois que je me retiens, j'ai l'impression d'emprisonner une flamme sous la glace. »

Le léger grincement de la porte de l'auberge annonça l'arrivée de Mustapha, attirant son regard. Sa présence transforma instantanément l'atmosphère, allumant en elle une lueur d'espoir.

L'air matinal collait à la peau de Mustapha

avec une fraîcheur qui lui était inconnue, mais qui était étrangement bienvenue. Le calme hivernal d'Annecy l'enveloppait comme une invitation silencieuse à regarder de plus près. Il se tenait au bord gelé du canal, où la glace se fracturait en éclats délicats, captant la pâle lumière de l'aube comme du verre brisé dispersé par une main invisible.

Son souffle était régulier, se transformant en nuages dans le froid, tandis que ses mains reposaient légèrement sur la balustrade en bois usé. Pour la première fois depuis longtemps, il ne cherchait pas l'extraordinaire. Il se contenta simplement d'observer : les brindilles recouvertes de givre, les ondulations silencieuses sous la glace, la silhouette de la ville adoucie sous un voile argenté.

« Tu le vois, n'est-ce pas ? » La voix douce et calme de Brigitte rompit le silence. Elle se tenait à quelques pas derrière lui, tenant deux tasses de son thé épais parfumé à la cannelle.

Mustapha ne se retourna pas, mais il hocha légèrement la tête pour accepter la chaleur qu'elle lui offrait. Ils burent leur thé en silence, seuls le craquement lointain de la glace qui se tassait et le croassement occasionnel d'un corbeau venant troubler le calme.

« Je pensais autrefois que la beauté devait crier pour être entendue », dit-elle après une pause. « Mais en réalité, elle se trouve dans le murmure, dans les petites choses que l'on manque presque. »

Mustapha regardait la vapeur s'échapper de sa tasse, se tordant en formes qui semblaient disparaître avant qu'il ne puisse les saisir. Autrefois, il recherchait les images grandioses, les histoires entières en un seul cadre : les défilés de mode baignés de lumières artificielles, les visages qui racontaient des secrets dans les magazines sur papier glacé.

Mais ici, avec la neige molle sous ses bottes et le parfum léger de la fumée de bois flottant dans la brise, il ressentait quelque chose de nouveau : un apaisement doux du chaos qui régnait en lui. Le sac de son appareil photo, posé à ses pieds, lui semblait soudain plus léger, presque inutile. Plus tard, alors qu'il déambulait dans les rues étroites et givrées de la vieille ville d'Annecy, il effleura les murs de pierre rugueux de ses doigts, retraçant l'histoire gravée dans chaque fissure et chaque tache de mousse.

Un léger sourire se dessina sur ses lèvres lorsqu'un détail attira son attention : un ruban rouge délavé attaché à un ancien poteau de clôture en fer, qui flottait faiblement malgré l'absence de vent. Il s'accroupit, plissant les yeux à travers le viseur de son appareil photo pour observer les bords usés du ruban, et imagina les histoires qu'il pouvait receler. Il comprit alors que l'ordinaire n'était pas vide, mais qu'il flottait juste sous la surface, attendant que quelqu'un prenne le temps de s'arrêter et d'écouter.

Cet après-midi-là, la cuisine de l'auberge embaumait le pain frais et la vanille, un cocon bienvenu contre le froid mordant de l'extérieur. Les doigts de Mustapha, qui n'avaient plus l'habitude de faire autre chose qu'appuyer précipitamment sur le déclencheur, tenaient un petit carnet de croquis que Brigitte lui avait prêté. Elle prit au dépourvu sa surprise d'un regard complice :

« Il n'y a pas d'urgence. Laisse-toi aller à dessiner ce que tu ressens, pas seulement ce que tu vois. »

Son crayon hésita, puis commença à tracer des lignes hésitantes, non pas pour capturer une image, mais une sensation : une ombre, une courbe de lumière, la faible impression du vent à travers les branches nues.

Les heures s'écoulèrent sans qu'ils s'en aperçoivent, tandis que la douce lueur des bougies se mêlait aux teintes ambrées du crépuscule hivernal. Le monde de Mustapha, autrefois défini par des contrastes marqués et un glamour éphémère, s'adoucit en une série de moments tranquilles : le rire d'un enfant résonnant dans les ruelles pavées, la vapeur s'échappant d'une tasse de thé, le poids solide d'un vieux livre dans ses mains.

L'ordinaire était devenu extraordinaire, non pas parce qu'il criait, mais parce qu'il était réel et vivant, attendant qu'il le redécouvre.

À la tombée de la nuit, la neige recommença à tomber, recouvrant Annecy d'un silence immaculé.

Mustapha se tenait près de la fenêtre de sa chambre, regardant les flocons dériver comme des cendres venues d'un autre monde. Son appareil photo était posé, intact, sur la commode, mais il n'avait plus envie de capturer la perfection. Au contraire, il ressentait une chaleur inhabituelle sous ses côtes, une lueur d'espoir qui lui disait peut-être, juste peut-être, qu'il pourrait retrouver ces moments de calme, ces instants ordinaires qui l'avaient toujours entouré, mais qu'il n'avait pas remarqués depuis trop longtemps.

Dehors, l'horloge de la ville sonnait doucement, résonnant dans le silence. Mustapha resserra son col et expira lentement, apercevant son reflet dans la vitre recouverte de givre. L'homme qu'il voyait n'était pas perdu, mais simplement en train de se réveiller, lentement, avec hésitation, mais indéniablement vers quelque chose de nouveau.

La neige avait recommencé à tomber, douce et incessante, enveloppant le monde d'un blanc silencieux. Autour de l'auberge, les toits étaient recouverts d'un manteau de glace et les canaux, désormais gelés, semblaient retenir leur souffle dans un reflet silencieux. Brigitte se tenait près de la fenêtre, une tasse de thé réchauffant ses mains. Elle observait le jeu des ombres projetées par la lumière vacillante des bougies, un doux rappel que la vie persistait derrière ces murs, malgré le froid.

Son esprit vagabondait vers les moments qui l'avaient conduite à cette table, où les mots étaient souvent inutiles, mais toujours significatifs, et où la vulnérabilité et l'espoir étaient omniprésents.

De l'autre côté de la ville, Mustapha s'attardait dans la solitude de son petit studio, son appareil photo restait intact depuis des jours. Son regard était fixé sur les toits saupoudrés de neige et sur la façon dont la lumière hivernale jouait doucement sur les surfaces gelées.

Il était venu chercher le silence, un espace où respirer loin de l'effervescence incessante de Paris, mais en lui bouillonnait une tempête silencieuse : des doutes, des souvenirs, des désirs inavoués. Alors qu'il s'apprêtait à sortir, une voix intérieure lui murmura :

« La beauté est partout. Alors, pourquoi ne la

ressens-tu plus ? »

C'était une question qu'il se posait depuis des semaines, sans réponse, mais qui persistait, comme la douleur dans sa poitrine lorsqu'il refusait d'aller trop en profondeur.

En fin d'après-midi, les ombres s'étirèrent sur les rues pavées tandis que Brigitte ramassait son écharpe et sortait dans l'air froid. Elle sentait, plus qu'elle ne les voyait, le poids de son journal caché dans sa poche : les prières secrètes qu'elle avait écrites à l'encre, aspirant au changement, l'espoir flottant autour d'elle comme les flocons de neige.

La ville était calme, à l'exception du murmure de la neige qui tombait et des rires lointains des enfants qui jouaient dans le parc. Elle s'arrêta au coin de la rue où l'odeur légère du pain frais flottait depuis la boulangerie de Luc, lui apportant la certitude tranquille que la vie continuait, tant dans la petite routine de son auberge que dans les espoirs qu'elle gardait enfouis au plus profond d'elle-même.

Mustapha finit par sortir, l'air froid lui mordant la peau et aiguisant ses sens. Il ajusta son pardessus, sentant le poids de son appareil photo autour de son cou, un réconfort familier qu'il s'était interdit ces derniers temps. Il se dirigea vers le canal, observant la glace scintiller sous la lumière déclinante. La neige craquait doucement sous ses bottes tandis qu'il levait son appareil photo, hésitant brièvement avant de le pointer vers le paysage paisible, une scène intacte qui semblait refléter son esprit gelé.

Une idée fragile et éphémère germa en lui, lui murmurant le renouveau, tout comme la lumière dansait sur l'eau gelée : temporaire, mais pleine de promesses.

Pendant ce temps, dans la chaleur de la salle à manger éclairée à la bougie de l'auberge, les doigts de Brigitte caressaient le bord de sa tasse, tandis que ses pensées dérivaient vers l'amour qu'elle cachait dans son journal. Elle se demandait si la vie dont elle rêvait, faite de passion et de vulnérabilité, était encore possible ici, dans le confort de la routine et de la familiarité.

Son regard se posa sur la flamme vacillante et elle imagina que, comme le feu, son propre cœur pourrait un jour s'enflammer d'une telle chaleur, si seulement elle osait le laisser faire. Ce sentiment fit naître en elle un faible espoir, fragile et tremblant, mais indéniablement réel. Elle se surprit à sourire doucement, laissant enfin apparaître une minuscule fissure dans sa carapace protectrice.

Dehors, Mustapha baissa son appareil photo, les yeux fixés sur la beauté austère du paysage enneigé. Une soudaine rafale de vent balaya les ruelles, emportant avec elle un parfum léger de fumée de bois et de cloches lointaines. Il ressentit une impulsion, une envie irrépressible de capturer cet instant, de figer la poésie silencieuse du calme hivernal.

Alors qu'il réglait son objectif, son esprit vagabondait vers la ville et son agitation incessante, et il remarqua à quel point le calme d'Annecy invitait à la tranquillité et à l'écoute. Ses doigts hésitaient au-dessus du déclencheur, car il savait que cette photo pourrait tout changer, comme une révélation qui se cacherait juste sous la surface. Dans cet instant suspendu, il savait qu'il était à l'aube d'un nouveau chapitre, d'une nouvelle aventure qu'il avait désirée sans même s'en rendre compte.

De retour à l'intérieur, le cœur de Brigitte se mit à battre la chamade tandis que la neige tapotait doucement contre les fenêtres. Elle sortit de la poche de son manteau son journal, dans lequel elle consignait ses espoirs secrets, et caressa du bout des doigts la couverture en cuir usée. Parmi ses pensées agitées se trouvait le souhait discret que, peut-être, juste peut-être, sa vie s'orientait vers un avenir qu'elle n'avait jamais osé imaginer.

Elle ferma brièvement les yeux, savourant le calme et la promesse contenus dans chaque flocon de neige silencieux. Combien de temps encore pourrait-elle continuer à vivre, protégée par ses habitudes ou à espérer tranquillement qu'un jour, l'amour la trouverait ? La réponse flottait dans l'air glacial, incertaine, mais suffisamment tentante pour qu'elle y croie.

Soudain, une cloche lointaine retentit dans la ville, résonnant dans le crépuscule hivernal. Brigitte leva brusquement les yeux, le souffle coupé, sentant une énergie qu'elle ne parvenait pas à identifier.

Dehors, Mustapha était toujours plongé dans sa photographie, inconscient du changement subtil qui s'opérait autour de lui. L'instant semblait lourd, chargé d'une attente silencieuse de changement, comme si l'air froid avait murmuré un secret destiné uniquement à ceux qui étaient prêts à l'entendre.

Un léger sourire effleura ses lèvres tandis qu'elle ramassait son journal, le cœur battant doucement. C'était peut-être la dernière scène d'un chapitre, mais c'était aussi le début d'un nouveau chapitre, écrit à deux, dans l'espoir, la confiance et la douce promesse d'une croissance que l'hiver avait mystérieusement suscitée en eux.